人生要有所珍视和眷恋

王蒙——著

河北出版传媒集团
河北人民出版社
石家庄

图书在版编目（CIP）数据

人生要有所珍视和眷恋 / 王蒙著. -- 石家庄：河北人民出版社, 2022.1
ISBN 978-7-202-15385-7

Ⅰ.①人… Ⅱ.①王… Ⅲ.①散文集－中国－当代 Ⅳ.①I267

中国版本图书馆CIP数据核字(2021)第047451号

书　　名	人生要有所珍视和眷恋
	Rensheng Yao Yousuo Zhenshi He Juanlian
著　　者	王　蒙
责任编辑	李　耘
美术编辑	李　欣
封面设计	张合涛
责任校对	余尚敏
出版发行	河北出版传媒集团　河北人民出版社
	（石家庄市友谊北大街 330 号）
印　　刷	北京盛通印刷股份有限公司
开　　本	880 毫米 × 1230 毫米　1/32
印　　张	7
字　　数	121 000
版　　次	2022 年 1 月第 1 版　　2022 年 1 月第 1 次印刷
书　　号	ISBN 978-7-202-15385-7
定　　价	46.00 元

目

录

/

人生要
有所珍视
和眷恋

第一章　明朗航行

做一次明朗的航行⋯⋯003

大境界与小乐趣⋯⋯007

活法⋯⋯010

一辈子的活法⋯⋯013

我喜欢的状态叫安详⋯⋯016

人生总要有所珍视和眷恋⋯⋯021

第二章　我的一日

我的一日⋯⋯027

我喜欢幽默⋯⋯031

音乐与我⋯⋯033

我的喝酒⋯⋯040

我的遗憾⋯⋯050

猫话⋯⋯052

我是我自己的主人⋯⋯057

磨豆浆⋯⋯061

第三章　春天的心

春天的心……067

盛夏……070

初冬……074

冬之丢失……076

雨……084

湖……089

海……092

船……094

第四章　幸福生活

一个甘于沉默的人……103

谁知道自己母亲的痛苦？……108

朋友没有绝对的……110

随感三则……113

奇葩的故事……116

幸福生活……123

生活里那些不同的脸……127

说真话的风波……131

茶魂与茶韵……136

第五章　浪漫情怀

清明的心弦……143

苏州赋……146

晚钟剑桥……150

天街夜吼……158

浪漫情怀……161

天涯海角……164

橘黄色的梦……167

雨中的野葡萄园岛……173

第六章　新说红楼

黛玉开始很乖……181

拎不清的书名……183

青春的苦闷……186

如果你的老板是宝二爷……189

谁是挨打事件的最大赢家……192

"独怆然而泪下"？……196

时间是多重的吗？……199

蘑菇、甄宝玉与"我"的探求……209

第一章

明朗航行

人生要
有所珍视
和眷恋

　　明朗，这是什么意思呢？成就有大小，际遇有顺逆，但能不能生活得更坦然、更清爽、更健康也更快乐一点？只要一点。

做一次明朗的航行

人生好像一只船，世界好像大海。人自身好像是驾船的舵手，历史的倾斜与时代的选择好像时而变化着走向的水流与或大或小的风。

人生又像是一条水流，历史就像是融合了许多许多水流的大江。你无法离开大江，但你又发现大江里布满了礁石，江上或有狂风，江水流着流着会出现急剧的转弯、急剧的下降和攀升，以及歧路和迷宫。

人生又像是一条长路，也许在它快要结束的时候你又发现它其实是那么短。你莫知就里地被抛在了路上。你不可能停下来，于是你蹒跚地走着，你渴望走上坦途，走上峰巅，走进乐园，走进快乐、成功、幸福或者至少是平安的驿站，直到理想的家园。然而，你也许终其一生没有得到一天心安。

人与人的命运是怎样的不同啊！这里所说的命运，既包括主观条件，即你作为一个单独的个体的一切特点、一切认识和态度。也包含生存环境，即你所处的时间与空间的坐标，你的有时是无可避免有时则十分偶然的际遇。正像俗话所说的那样，人的能力有大小，人的遭际有偶然即凭运气的可能，人的地位有高低，人的财富有贫富，人的寿命有长短，人的体格有强弱，人的社会环境与自然环境有优劣、美丑、公正与极不公正之分。人比人气死人，人比人该有多少不平、多少愤懑、多少怨毒和痛苦！

痛苦也罢，怨毒也罢，只要还活着，谁不希望自己的命运能更好些，更更好些呢？谁不愿意知道并且实行自己对自己命运的积极影响，乃至把命运之舵掌握在自己的手里呢？

有时你又觉得人生像是一个摸彩的游戏，别人常常是幸运者，他们摸到了天生超常的禀赋与资质、优越的家庭背景、天上掉下来的机会以及来自四面八方的援助之手，而你摸到的可能只是才质平庸或怀才不遇、零起点、误解、冤屈和来自四面八方的嫉妒、打击乃至阴谋与陷害。

作为一个年近七旬的写过点文字也见过点世面的正在老去的人，我能给你们一点忠告、一点经验、一点建议吗？

也许谈不上什么经验和忠告，但我至少可以抱一点希望、一点意愿，我希望有更多的人能生活得明朗一些。明朗，这是什么意思呢？就是说成就有大小，际遇有顺逆，但能不能生活得更坦然、更清爽、更健康也更快乐一点？只要一点。

作为写过小说也写过诗的人，我知道各种对于愤怒、忧愁、痛苦、矛盾、疯狂乃至自毁自弃自戕自尽的宣扬与赞美。我熟知"先天下之忧而忧，后天下之乐而乐""愤怒出诗人""知识分子的使命是批判""智慧的痛苦""痛苦使人升华""我以我血荐轩辕""生老病死""我不入地狱谁入地狱""地狱未空誓不成佛"以及"文章憎命达""从来才命两相妨"之类的名言。我无意提倡乃至教授廉价的近于白痴式的奉命快乐。我所说的快乐、健康、坦然、清爽与光明，不是简单地做到如老子所说的"复归于婴儿"，而是另一种超越、另一种飞跃、另一种人生境界：是承担一切忧患与痛苦之后的清明；是历尽至少是遭遇一切坎坷和艰险的踏实；是不仅仅能够咀嚼而且能够消化的对于一切人生苦难的承受与面对一切人生困厄的自信；是把一切责任一切使命一切批判和奋斗视为日常生活的平常平淡平凡；是九死而犹未悔、百折而不挠的视险如归，赴难如归，水里火里如履平地；是背得起十字架也放得下自怨自艾自恋自怜的怪圈的大气；是不仅拥有智慧的煎熬和困惑的痛苦，而且拥有智慧的澄澈与分明的欢喜，从而是更包容更深了一层的智慧；是大雅若俗大洋若土大不凡如常人，从而与一切浮躁，与一切大言哄哄乃至欺世盗名，与一切神经兮兮的自私、小气的装腔作势远离开来。

驾驶着你的人生之船，做一次明朗的航行吧。

驾驶着你的人生之船，使你的航行更加明朗一些吧。

让智慧和光明，让光明的智慧与智慧的光明永远陪伴着人的生活吧。

永远与智慧和光明为伍，永远与愚昧和阴暗脱离，这是可能的吗？

这就是本书所要讨论的。

人生要
有所珍视
和眷恋

大境界与小乐趣

为了——当然不只是为了——身心的健康。第一，要善良仁爱。人生有许多快乐，首先是做好事最快乐，理解旁人与原谅旁人最快乐。第二，是大境界小乐趣。大境界，就是说不争一日之短长，不计较鼻子底下那点得失，不在乎一时的被误解被攻击，赢得起也输得起，随大流得起也孤独得起孤立得起。无私至少是少私故少惧，胸有大志则吾善养吾浩然之气，总是能在不同的境遇中看到光明看到转机看到希望看到教益，叫作不可救药的乐观主义。大境界不搞小争斗，不为别的至少是为没有时间。把时间放在蝇营狗苟上，斤斤计较上，鸡毛蒜皮上，嘀嘀咕咕上，自说自话上，你说，他这一辈子还能有多大出息？

小乐趣是指不拒绝小事情，并从中感受到人生的快乐。快乐也是价值。快乐不仅在生活的终极目标远大理想那里，也在生活的具体而微小的各种事项与过程之中。快乐不仅在于达到目标，也在于为达到目标而走过的全过程。黎明即起，洒扫庭除，是乐趣；买油条或者煮稀饭，磨豆浆或者煮牛奶，烤面包或者茶泡饭也是乐趣。挤大巴，看众生，看情侣们到了公共汽车上仍脉脉含情是一种乐趣，打出租听D爷神侃何尝不快乐？订份报看很好，到公共阅报栏免费看好多种报也很快乐。做饭炒菜烙饼包饺子买现成的速冻饺子洗碗很快乐，修自行车修抽水马桶修电门接保险丝都很有趣。与明白人谈话是一种享受，与糊涂人磨牙让你知道世上竟有这种不可理喻的人在，不也是开眼吗？对父母尽心最满足，给孩子服务最甘甜，给老伴尽心最福气，给朋友帮忙最得意，购物散步用茶打电话接电话旅行回家读书写字，有病吃药没病锻炼，冬天取暖夏天乘凉，洗脸洗脚洗澡洗衣服都太叫人高兴了。

多伟大的人也是普通人，多伟大的人也应该享受普通人的快乐，过普通人的生活。珍惜你有生之年的每一天、每一刻、每一事、每一次说话的机会、工作的机会、流汗的机会。我当部长期间，常常清晨穿着拖鞋去买炸油饼，此事被新凤霞知道后，她多次提起，反应强烈。其实，这正是我的快乐。

虽然我们还不能穷尽宇宙的奥秘，地球的奥秘，生命的奥秘，人生的终极，但是我们能不承认人的出现是一个伟大的奇迹吗？我们能不承认我们自己的存在是一件伟大的奇迹吗？我们能不承认我们的意识、我们的思想、我们的情感，是万分值得珍惜的吗？我们能不珍惜有生之年之天之小时之分钟吗？我们怎么能动不动一脑门子官司，动不动人人欠你二百吊钱的架势？在人的各种各样的毛病中，在各种骂人的词中，无趣是一个很重的词，是一个毁灭性的词。可悲的是，无趣的人还是太多了。这样的人除了一脑门子私利，一脑门子是非，顶多再加一肚子吃喝。不读书，不看报，不游山，不玩水，不赏花，不种草，不养龟、鱼、猫、狗，不下棋，不打牌，不劳动，不锻炼，不学习，不唱歌，不跳舞，不打太极拳，不哭，不笑，不幽默，不好奇，不问问题，不看画展，不逛公园，不逛百货公司……自己活得毫无趣味，更败坏所有与他接触过的人的心绪。我有时甚至会偏激地想："宁做恶人，也不要做一个无趣的男人（女人稍稍好一点，女人一般至少还要抓抓生活，心里还有点鸡毛蒜皮的生活气息）啊！"尤其是，一想到一个无趣的人还有配偶，他的配偶将和这样的人共度一生，真是令人毛骨悚然！

活法

在回首七十七年往事的时候，我最喜欢的一个词叫作"活法"。

我经历了伟大，也咀嚼了渺小；我欣逢盛世的欢歌，也体会了乱世的杂嚣；我见识了中国的翻天覆地，也惊愕于事情的跌跌撞撞。有时候形势的波谲云诡令人眩晕，有时候祸福是说变就变，叫人以为是进入了荒诞的梦境，是在开国际玩笑。见过上层的讨论斟酌，也见过底层的昏天黑地与自得其乐，还有世界的风云激荡，毕竟我访问过六十多个国家和地区。我感受了被呵护的幸运与"贵人"的照拂，我也领教了嫉恨者明枪暗箭的无所不用其极——他们好累！

然而这些只能叫遭遇，只能叫命运，只能叫机缘，只能叫赶上点儿了，这仍然不是活法——不是你老王的笑声与热泪，不是你老王的绝门儿与绝活儿。

遭遇是外在的，而活法全在自身的选择。"一箪食，一瓢饮，在陋巷"，这是遭遇；而"回也不改其乐"，这是活法。本来是习惯性满分与第一名的好学生，一心要飞蛾扑火般地献身革命；少年得志地当着团委的小领导，一下子着了文学创作的迷；骤得大名后，紧接着是一个"倒栽葱"；住进了高等学校的新房，突然决定全家迁到新疆；官至"尚书"了却坚决回到写字台前；17岁的时候被人认为是30岁，而76岁了仍然在大海里一游就是一公里。这是活法，这是个性，这是屡败屡胜的不二法门。

我的活法积极而且正面：我常常充满信心，对自己，也对环境；我常常按捺不住自己的笑意，常常想"笑场"。我的挫折与悲观是我积极与正面的起跑线。一个经历过如许挫折与悲观的人，结果摒弃的是不切实际，获得的是且战且进的一步一个脚印，是干脆没有什么胜负而只有缤纷与趣味的经验。能够不是这样吗？

我参与了那么多，掺和了那么多，我与闻其盛，有感其荣辱、正误、利害。我为此冒了不知多少次傻气，付出了不知多少代价。不知我者谓我聪明绝顶，知我者为我的傻气洋溢而摇头。善哉！

我不仅仅是参与者，我从来没有停止过观察、欣赏、思考与反省，也有痛惜、怀念、欣慰与几滴混浊的泪。

我一辈子不断地更换着我的活法。对于生活与活法，我贪！看、听、历、感，参与了那么多以后，你应该记住，你应该珍惜。你的记忆与思考将会多少延续着你的活法，直到你不在场了，不能看、听、历、感了，但还在记忆着与反刍着、重温着与消化着你的活力与活法。

一辈子的活法

我喜欢生活，我喜欢日子。在我写《青春万岁》的同时，我也喜欢说"生活万岁"！生活是无法剥夺的，夸张的与自恋的张牙舞爪，抵不住平常心的一行小诗，一杯清茶，一首小曲。

我自磨豆浆，每逢磨好煮沸，我与我的大孙子就大喊大叫"喝豆浆啦"！叫着院落里所有的人一起喝，一边喝一边感觉到营养与精力正随着豆浆进入口腹，进入血脉，进入肌肉与骨骼。

我排队买炸油饼，并趁机与诸邻里寒暄。

我每天都要找机会在东四三条的自由市场来回走那么几次，购买蔬菜、鱼肉、山药和其他副食品。拐到二条处有一家个体书店，名为"修齐治平"。我去了一下书店，立即被店主认出，多有交谈。

我喜欢自己去邮局和银行办事。我愿意排排队，听听交谈，看看邮局与银行的业务员们是怎样工作的，体会一下日常的生活。作家中杰英找我在小院近处吃爆肚，我去了。他又约我凌晨去东郊钓鱼，我喜睡觉，没有下这个决心前往。

我相信北京的小康生活的定义是喝得上面茶与豆汁，吃得上驴打滚与艾窝窝。

我每年都要找机会坐两次公共汽车，眼看着车子的质量与设备越来越好，车上的年轻人越来越时尚与大胆，票价越来越贵，觉得人生真是风光无限，前景无限。

我的家与此期间中国城市的许多家庭一样，进入了家用电器飞速发展的时代。电视屏幕越来越大，音响质量越来越好，微波炉、电磁灶、电烤箱、各种影像产品一应俱全。等到有了这些以后，才想通了：这又算什么呢？这样普通……怎么会羡慕别人的家用电器呢？这就是所说的发展是硬道理呀。而那些奢谈精神的人，他们有什么权利轻视对于普通人的物质要求的关怀与满足？

我注重锻炼身体，每周至少游泳两次。有一阵天天起早去景山，可惜未能坚持长远。

有两年，我经常去首都剧场看文化部为离退休干部放映的电影新片，有两三部描写毛主席的片子，我看得泪眼蒙眬。还有一批美国的警匪片，看得我走火入魔，我写了一篇文章，并提出了"虎头蛇尾是万事万物的规律"的命题。

忘了是从哪一年起，我再也没有去看过一次给老干部放的电影了。

人生就是这样，有时闲适，有时忙累。

我也就此想起了毛主席谈粮食问题时所说的"忙时吃干，闲时吃稀"的话，吉林话剧团演一出农村喜剧《啊，田野》的时候，硬让一批长寿老农民接受记者采访，介绍养生经验的时候加上了一句："不忙不闲时吃半干半稀……"

如果我总结我的一生，总结我的活法，不如就干脆写："此人忙时吃干，闲时吃稀，不忙不闲时吃半干半稀……"

我喜欢的状态叫安详

（一）

我很喜欢，很向往的一种状态，叫作安详。

活着是件麻烦的事情，焦灼、急躁、愤愤不平的时候多，而安宁、平静、沉着淡定的时候少。

常常抱怨不理解自己的人糊涂了。人人都渴望，这正说明理解并不容易，被理解就更难，用无止无休的抱怨、理解、辩论，大喊大叫去求得理解，更是只会把人吓跑了。

不理解本身应该是可以理解的。理解"不理解"，这是理解的初步，也是寻求理解的前提。你连别人为什么不理解你都理解不了，你又怎么能理解别人？一个不理解别人的人，又怎么要求旁人的理解呢。

不要过分地依赖语言，不要总是企图在语言上占上风，语言解不开的事实可以解开。语言解开了事实没有解开，语言就会失去价值，甚至于只能添乱。用事实说话的人能安详。

不要以为有了这个就会有那个，不要以为有了名声就会有了信誉，不要以为有了成就就有了幸福，不要以为有了权力就有了威望。不要以为这件事做好了下一件事也一定做得好。

安详属于强者，骄躁流露幼稚。安详属于智者，气急败坏显得可笑。安详属于信心，大吵大闹暴露你其实没有多少底气。

安详也有被破坏的时候，喜怒哀乐都是人之常情。问题是，喜完了怒完了哀完了乐完了能不能及时回到安详的状态上来。如果动不动就闹腾，如果动不动就要拽住一个人，论述自己的正确，如果要求自己的配偶自己的孩子自己的下属无休止地论证自己是多么多么的好，如果看到花儿没有按自己的意愿开、果没有按自己的尺寸长就伤心顿足，您应该寻求心理医生的帮助。

童年常听到一种俗语，形容一个人气急败坏为"急得抓蝎子"。如果您对，急什么？如果您差劲，越躁越没有用。动不动摆出一副抓蝎子的样子，以为这种样子可以吓人唬人，实属可叹可恶。《红楼梦》里的赵姨娘就是个动辄抓蝎子的人，我们要以她为戒。一个人的能力有大有小，至少不必活得那么痛苦，给旁人带来那么多的不快。

（二）

为了安详，我的经验是：

一、多接触，注意，欣赏，流连大自然。高山流水，大漠云天，海潮光涌，花开花落，四季消长。

二、多欣赏艺术，特别是音乐。能不能听得进音乐去？这大体是您需要不需要请心理医生咨询的一个标志。

三、遇事多想自己的缺点，多想旁人的好处，不要钻到牛角尖不出来，不要越分析自己越对、旁人越错。不要老是觉得旁人对不起自己，不要像钻头一样打通了一个眼，就以为打通了世界。

四、不管您是不是有一点点伟大，您一定要弄清楚，其实您百分之九十几与常人无异。您的生理构造和功能与常人无异，您的吃喝拉撒睡与常人无异，您的语言文字和国人无异，您的喜怒

人生要
有所珍视
和眷恋

好恶大部分和常人无异。您发火的时候也不怎么潇洒，您饿极了也不算绅士。人们把您当普通人来看是您的福气，您把别人看成和您一样的人，是您的成熟。越装模作样越显得小儿科，再别这样了，亲爱的!

五、注意劳逸结合，注意大脑皮层兴奋作用和抑制作用的调剂，该玩就玩玩，该放就放放，该赶就赶赶，该等就等等。永不气急败坏，永不声嘶力竭。

六、幽默一点。要允许旁人开自己的玩笑，要懂得自我解嘲，有许多一时觉得急如星火的事情，事后想起来不无幽默。幽默了才能放松，放松了才可以从容，从容了才好选择。不要把悲壮的姿势弄得那么廉价，不要唬了半天旁人没成，最后吓趴下自己。

七、小事情上傻一点，该健忘的就健忘，该粗心的就粗心，该弄不清楚的就弄不清楚，过去了的事就过去了。如果只会记不会忘，只会计算不会大估摸，只会明察秋毫不会不见舆薪，只会精明强干不会丢三落四，您的功能不全，您得吃药了。

八、也是最重要的，要多有几个世界，多有几分兴趣。可以为文，可以做事，可以读书，可以打牌，可以逻辑，可以形象，可以创造，可以翻译，可以小品，可以巨著，可以清雅，可以不避俗，可以洋一点，可以土一些，可以惜时如金，可以闲适如羽，可轻可重，可出可入，可庄可谐，尊重客观规律，要求自己奋斗，失之桑榆，得之东隅。您还要怎么样呢？

人生总要有所珍视和眷恋

人生一世，总有个追求，有个盼望，有个让自己珍视、让自己向往、让自己护卫、愿意为之活一遭，乃至愿意为之献身的东西，这就是价值了。

有的人毕其一生，爱情、婚姻、家庭生活很不成功，该人虽然连声咒骂爱情是骗人的鬼话，但仍然表现了他或她对于爱情的价值的体认与重视。之所以咒骂爱情，无非是由于他或她碰到的非其所爱罢了。有的人一辈子献身某种事业，特别是为全民族、为国为民为人类求解放求幸福的事业，他们的一生也是充实的，因为他们知道自己的价值取向。有了目标，有了准绳，有了意义，价值上确定而且充实的人，他们的一生也会是方向确定与内容充实的。

古今中外，有许多文人骚客，悲叹、揭穿直至诅咒人生的消极面，他们痛心疾首于世界的悲惨，正说明了他们对于幸福和公正的渴求；他们描写背叛、阴谋、虚伪和无耻，正说明了他们对于忠实、光明、真诚和尊严的向往；他们揭开某些人生的虚空、无聊、苍白和黯淡，正说明了他们对于充实、价值、进取和积极有为的人生的期待。没有理想，哪儿来的不满？没有追求，哪儿来的失望？没有爱的幻想，哪儿来的伤感怨怼？没有对友谊和心灵沟通的渴求，哪儿来的对人情如纸的愤懑？说到底，正面的价值是不可回避的，嘲笑与否定一切是不可能的。月盈则亏，水满则溢，嘲笑否定得紧了，也就同时否定和嘲笑了嘲笑与否定本身。

当然，许多价值观念也有可能成为偏执，成为主观的一厢情愿，成为排除异己的独断论，成为邪教，成为恐怖法西斯主义。尤其是不同的价值观会成为互相争斗的由头……例如宗教战争，例如进行自杀式袭击的恐怖分子。这样，在认清在放弃一种伪价值的同时，价值真空、价值困惑、价值虚无的状况就会泛滥和肆虐了。最近在电视节目中我看到三个16岁上下的少年，为了满足哥们儿两三千块钱的需要，竟然毫不在意地杀死了一个出租汽车的女司机。他们公然地谈论他们谋财害命的计划，如谈家常。我也一次又一次地在电视新闻中看到恶性刑事罪犯在被处极刑时的满不在乎的表情。可以想象我们这个民族当中的某些人哪怕是一小部分人，在经过了动荡、批判、斗争、转变再转变之后，上帝死了，理性死了，道德死了，科学死了，启蒙与现代性也死了，孔子孟子死了，新左派自由派民主派西化派斯大林派格瓦拉派原教旨派原红卫兵派也全不灵了，于是在相互批判了个不亦乐乎的同时，是人们的价值系统的全面的与不间断的崩塌，是价值真空与价值困惑使人变成非人的样子：不负责任，厚颜无耻，反文明、冷血、残酷、是非不明，为小利而犯大罪……

我们可以有许多嘲讽，我们可以汲取许多经验，不轻言绝对的价值，更不能以一己的价值取向为天下法，并以之剪裁世界。我们也许更应该多重视一点日常生活中的和平、善良、健康、正直……我们也许可以使我们的价值观念中多一点人间性、世俗性，而不是必须有一个绝对的理念压倒一切的庸凡的东西。但这仍然是一种珍视，一种爱惜，一种眷恋，一种向往。经过了太多的动荡，经过了极大的代价的付出，我们仍然将建立起新的更现代更合乎理性也更能继承和借鉴一切优秀的东西的价值系统和精神财富。如果这些东西什么都没有，只有嘲笑，只有看透，只有谁也不信，那还怎么活下去呢？即使只是好死不如赖活着，不也还包含了一种对于生存的价值认定吗？

第二章

我的一日

人生要
有所珍视
和眷恋

你们最在乎的那个，我不在乎！为什么我不在乎？因为我有更高的境界，我有更高的快乐。在这个境界当中，我才是我自身的主人。

我的一日

　　早点起床去看丁香，我和妻商量好了的。十天以前起了一个大早去天坛公园看了桃花，桃花已过盛时，丁香含苞欲放。此后便不得闲，公务之后还是公务。

　　早五点四十分起床后双双换上了旅游鞋。妻一再指出她新买的福建产的旅游鞋质量远优于我三年前买的那种，材料更加轻柔，式样更加美观。我表示完全信服。于是我们跑跑走走，六点前便到了陶然亭公园。

　　好生煞风景也！陶然亭正是打扫时刻，到处在横扫一切，尘土飞扬，呛得人喘不过气来。别说已误了丁香花期，就是天再好、花再美、兴致再高也经不住这百八十个扫帚的直推横扬。记得报纸上登过读者来信，恳求各公园把清扫时间改在开园以前或净园以后，大概实行起来有困难吧。

吸饱满肺尘土后回到家里洗头洗脸，洗干净了，心平气和地上班去。

下午去北京大学参加授予日本著名作家井上靖先生名誉博士学位的仪式。我与井上先生去年夏天在西柏林艺术节上曾经巧遇，去年秋天又在参加中日21世纪委员会例会的开幕式上谋面。此次见面，井上老益发容光焕发，谈锋劲健。人逢喜事精神爽，概莫能外。仪式举行得干脆利落，数百名青年学生虽未有讲话机会，但坐在大厅里，从他们的笑容和掌声里仍然让人感到青年一代的热情。

回家吃饭时，接到电话，说是人民文学出版社原社长、老作家韦君宜同志突然发病，住进了协和医院，我连忙赶去。君宜同志处于半昏睡状态。君宜老太太虽然不久前已从工作岗位上退下来，但她一直处于极紧张兴奋的工作状态。她一面长、中、短篇小说不停地写作，一面参加各种社会活动、业务活动。几天前在北京饭店，在"人民文学奖"发奖大会上她还即席讲话，音调铿锵，声音洪亮。今天下午，她主持研究作家协会期刊工作委员会即将召开的一个会议的事，正发着言，忽感不适，右手功能失灵，语言产生障碍，急急忙忙送到了医院。

人生要
有所珍视
和眷恋

说是她多日既兴奋又郁闷。兴奋于自己要写的东西，要做的工作。郁闷于从第一线退下来了，还没有完全适应非第一线的"无官一身轻"的生活。她又顶认真，忧国忧民，忧文忧艺，发表了一些见解，有时不能得到及时的理解和共鸣，颇觉不安不快，心里得不到平衡。这些，都是病因。当然，最根本的病因还是一个残酷无情的"老"字。不服老是雄心，但"老"却不管你服抑或不服啊！

几十年来，君宜对我关心爱护备至。20世纪50年代她主编的《文艺学习》开展过对我的小说《组织部新来的青年人》的讨论，我曾受到她和她的丈夫杨述（当时任北京市委宣传部部长）的开导关注鼓励。20世纪60年代，空气略略松动一些，她就为《青春万岁》的出版而奔走，终于因为历史条件的限制未能成功。1978年，国运再造，君宜立即关心我的一切……前不久还收到她送来的新著《母与子》。这位老太太的善良笃诚认真坦直，于今也是不可多得的了。

但愿她能战胜病魔，重操笔墨，完成她的诸多心愿。

莫非是"哈雷彗星"靠近地球造成的祸患么？丁玲、朱光潜、聂绀弩相继辞世，之后艾青患病，现在又是君宜。就连正值壮年的李准也因脑血管病辍笔两年了……哈雷哈雷，何迫众文星之急也！

从医院出来，又赶到了民族宫，看青年艺术剧院演出的《魔方》话剧。迟了一个多小时，看了戏的后半部。其中一个哑巴说话的片段，倒也有味。哑巴多年无法说话，一旦治愈能说，不免喋喋不休，语无伦次。哑巴患了多语症，或者用中医的说法叫作"话痨"，却比原来不吭声更讨厌，更令人受不了……荒诞乎？幽默乎？象征乎？扯淡乎？

晚上入睡前喝了一听"汉尼肯"啤酒，一位远亲送的，荷兰产，如今是行销全球的最佳啤酒之一种。睡下的时候，我又回味了一下最近写的几首诗。这大概也算"腹稿"或者"推敲"吧。老了老了，我还能得到诗神的恩宠吗？

我知道我写得再好也不是诗。

如果你没有收到没有读到的话。

我喜欢幽默

我希望多一点幽默，少一点气急败坏，少一点偏执极端。

从容才能幽默。平等待人才能幽默。超脱才能幽默。游刃有余才能幽默。聪明透彻才能幽默。

就是说，浮躁难以幽默。装腔作势难以幽默。钻牛角尖难以幽默。捉襟见肘难以幽默。迟钝拙笨难以幽默。

就是说，我希望多一点幽默，并不是仅仅为了一笑。当然也希望多一点笑容，少一点你死我活。

我更希望多一点清明的理性，少一点斗狠使气。多一点雍容大度，少一点斤斤计较。多一点趣味和轻松，少一点亡命习气。

也多一点语言的丰富、美感，乃至于游戏，少一点千篇一律、倒胃口和干巴巴。

有一种人自己不幽默也不许旁人幽默，他们太可怜了。我想起了一位外国作家的话，他说如果人群中有一个危险分子而你不知道是谁，那么请你讲一个笑话，有正常反应即有幽默感的人大体是好人，而一脑门子官司，老觉得旁人欠他二百吊钱，你愈说得可笑他愈是立目横眉，则多半是"克格勃"。

差不多！

有一种极高明的说法，是说按外国的标准特别是英国的标准，中国没有幽默。我不太相信这种有点吓人或者唬人的说法。一个没有幽默的国家是难以存活的，就像一个没有幽默的人是难以存活的一样。毫无幽默感，谁敢跟他打交道？谁敢与他或她共同生活？他还不是早就杀了人或是自杀了？

音乐与我

我喜欢音乐，离不开音乐。音乐是我的生活的一部分，我的生命的一部分，我的作品的一部分。有时候是我的作品的一个非常重要的、头等重要的部分。

在《组织部来了个年轻人》里，我曾经动情地描写林震和赵慧文一起听《意大利随想曲》的情形。那时候我也爱听《意大利随想曲》，它的曲调对我来说是透明纯洁的，遥远但不朦胧，清亮而又有反复吟咏的诗情。它常常使我想象碧蓝如洗的辽阔的天空，四周没有一点声音，突然，从天空传来了嘹亮的赞美诗般的乐声。

在我的小说《布礼》里，主人公在新婚之夜是用唱歌来回忆他们的生活和道路与过往的年代的。

当年的战斗的、革命的歌曲，如今唱起来还具有某种怀旧意味，一唱某个歌，某个特定的历史时期就出现了，这真叫人感动。

我不会演奏任何乐器——真惭愧，但是我爱唱歌和听音乐。在新中国成立前的学生运动里，不仅《团结就是力量》《跌倒算什么》《茶馆小调》《古怪歌》是鼓舞学生们反蒋反美的斗志的，就连《可爱的一朵玫瑰花》《太阳落山明朝依旧爬上来》《喀什噶尔的姑娘》这些歌也只属于左翼学生。拥护国民党和三青团的少数学生是一批没有歌唱也不会唱歌的精神文明上的劣等人，也许他们会歪着脖子唱"我的心里两大块，左推右推推不开……"是的，好歌，进步的歌，健康的、纯朴的歌，永远只属于人民，属于新兴的阶级而不属于行将就木的反动派。

《歌神》和《如歌的行板》干脆一个以维吾尔歌曲、一个以柴可夫斯基第一弦乐四重奏第二乐章——"如歌的行板"来贯穿全篇。特别是后一篇，"如歌的行板"是全篇的主线，又是这个中篇小说的基调，小说的结构也受这段弦乐四重奏的影响，从容地发展进行，呈示和变奏，爬坡式的结尾。

问题还不仅仅在于这些直接写到歌曲或者乐曲的篇章或者片断的作品（还有《春之声》呢，"春之声"双关的语义之一，便是约翰·施特劳斯的那个著名的圆舞曲）。从整体来说，我在写作中追求音乐，追求音乐的节奏性与旋律性、音乐的诚挚的美、音乐的结构手法。

我常常自以为20世纪60年代我写的短篇小说《夜雨》是一个钢琴小品。全篇是"滴滴答答""哗哗啦啦"这样五次互相颠倒与重复的象声词来做每一段的起始，这是风声、树声和雨声，这也是钢琴声。

那时候（现在也一样）我喜欢听柴可夫斯基的钢琴曲《四季》中的《十一月》（即《雪橇》），当然，我写的《夜雨》要稍微沉郁一些。

另一个短篇《夜的眼》我自以为是大提琴曲，而《风筝飘带》里，佳原和素素在饭馆里对话的时候我总觉得在他们的身后是有伴奏的，他们说的是"老豆腐""四两粮票两毛钱""端盘子"，然而他们的真情流露在伴奏里。后来佳原的奶奶死了，几天没有到素素的清真馆来吃炒疙瘩，素素恍然若失，想起了在内蒙古插队放马时失落了小马驹的悲哀。我又写素素和佳原的再见面，又写幻想中小马驹的奔跑，如果说素素和佳原的再见面是用弦乐来表现的，小马驹的奔跑则像是敲响木琴。把木琴插进去，也许能更好地衬托出弦乐。

《春之声》里也写了歌和乐，写的是德文歌和约翰·施特劳斯的《春之声》，但这篇小说本身，我自以为是中国的民乐小合奏，二胡、扬琴、笙、唢呐、木鱼、锣、鼓一齐上。《春之声》里用了大量的象声词，"咣""叮咚叮咚""哞哞哞""叮铃叮铃""咚咚咚、噔噔噔、嘭嘭嘭""轰轰轰、嗡嗡嗡、隆隆隆""咣喊咣喊""喀、喀""咣哧""叭"……本来就是写"声"的嘛。

那么《海的梦》的呢？也许我希望它是一只电子琴曲吧？

《蝴蝶》大概是协奏曲，钢琴的？提琴的？琵琶的？《布礼》呢？像不像钢琴独奏？《相见时难》呢？

1953年我开始写我的处女作《青春万岁》的时候，最感困难的是结构。那时，在我心目中，是有一批人物、有一系列生活画面、有一些激情的，怎么把这些东西组织起来呢？这可苦恼死我了，原因是，从一动笔，我就没有采用那种用一条完整的情节贯穿线来组织全篇的办法。

就在为《青春万岁》的结构而苦恼、而左冲右撞、不得要领的时候，我去当时的中苏友协文化馆听了一次唱片音乐会。我已经记不清那是谁的作品了，反正是那时一个苏联作曲家的交响乐新作。交响乐的结构大大启发了我、鼓舞了我、帮助了我，我所向往的长篇小说的结构正应是这样的呀，引子、主题、和声，第二主题、冲突、呈示和再现。一把小提琴如诉如慕，好像是某个人物的心理抒情。小提琴齐奏开始了，好像是一个欢乐的群众场面。鼓点和打击乐，低沉的巴松，这是另一条干扰和破坏书中的年轻人物的生活的线索，一条反抒情线索的出现。竖琴过门，这是风景描写。突然的休止符，这是情节的急转直下。大提琴，这是一个老人的出场……

我悟到了，小说的结构也应该是这样的，既分散又统一，既多样又和谐。有时候有主有次，有时候互相冲击、互相纠缠、难解难分。有时候突然变了调、换了乐器、好像是天外飞来的另一个声音，小说里也是这样，写上四万字以后，你可以突然摆脱这四万字的情节和人物，似乎另起炉灶一样，写起一个一眼看去似乎与前四万字毫不相干的人和事来。但慢慢地，又和主题、主旋、主线扭起来了，这样就产生了开阔感和洒脱感。狄更斯的小说——《双城记》就很善于运用这种天马行空百川入海的结构方法，而我，是从音乐得到了启示。所以说，对文学作品的结构，不但要设想它、认识它、掌握它，而且要感觉它。

音乐是我的老师，当然，音乐也为我服务，它可以引起我的回忆，触发我的感受。当我写《相见时难》的时候，我不停地与蓝佩玉和翁式含一起重温20世纪40年代、50年代的那些歌儿。我是哼哼着那些歌写作的，包括儿歌"我们要求一个人……""水牛儿，水牛儿，先出犄角后出头"，也包括用徐志摩的诗谱写的《偶然》。这首歌我本来几乎早已忘了，不知道是因为写《相见时难》而想起了《偶然》，还是因为1980年秋在美国爱荷华大学参加"中国周末"时偶然听到了《偶然》（只是片断地听了一两句），才触发了我要写《相见时难》，并从而忆起了这首也许并不太好的歌的曲和词。

当然，更多的时候，音乐给我以美的享受和休息。我说过听音乐是给灵魂洗澡，使人净化的说法。当我因为工作杂务而焦头烂额的时候，当我因为过分紧张而失眠、焦躁的时候，听上一个小时的钢琴曲或者管弦乐就能把自己的心理机能调整过来，从而获得心理的以至生理的好处。如果能够有机会和条件自己唱上一阵子所喜爱的歌，我的心情就会更加舒畅。可悲的是，对我的歌声表示愉快的人大概远远少于听到我唱歌就捂耳朵或关紧门的人。

除了西洋音乐，我也喜欢民族、民间音乐与群众歌曲，刘天华的二胡曲——特别是《光明行》里的"副曲"特别使我感动，我不知道为什么现在电台很少放刘天华的作品了。我差不多可以哼哼出《二泉映月》的全曲来，比较起提琴协奏曲，我宁愿听《二泉映月》的二胡独奏。在《相见时难》里我写到过《雨打芭蕉》，我也许更喜欢《彩云追月》，当然还有《紫竹调》和《三六》。戏曲音乐里我首先喜欢河北梆子，那种高亢而又苍凉的唱腔常常使我想起"一声何满子，双泪落君前"的诗句，这大概是我作为河北人的唯一标志了，其实我出生在北京而不是在河北农村。京韵大鼓和单弦牌子曲，蒙古拖腔和维吾尔民歌，云南《猜调》和东北《丢戒指》，黄虹和郭颂，李谷一和才旦卓玛，我都喜欢。当然，我也同样喜欢真正意大利男高音唱"欧，梭罗米欧"（《我的太阳》），我有这个原声带。

音乐给予我的实在是太多了，而我对音乐的知识是很有限的，如果没有手指头帮着数，我大概认不下五线谱来。我所以写了这么一大篇，不是想谬托"知音（乐）"，不是想冒充音乐的行家，而且我很担心我的上述杂感有专业性、知识性的错误。我只是想对读者和同行说，更多地去爱音乐、接触音乐、欣赏音乐吧！没有音乐的生活是不完全的生活，不爱音乐的人也算不上完全的爱着生活的人。

我的喝酒

我不是什么豪饮者。"一年三百六十日，一日畅饮三百杯"的纪录不但没有创造过，连想也不敢想。只是"文化大革命"那十几年，在新疆，我不但穷极无聊地学会了吸烟，吸过各种牌子的烟，置办过"烟具"——烟斗、烟嘴、烟荷包（装新疆的马合烟用），也颇有兴味地喝了几年酒，喝醉过若干次。

穷极无聊。是的，那岁月的最大痛苦是穷极无聊，是死一样的活着与活着死去。死去你的心——创造之心，思考之心，报国之心；死去你的情——任何激情都是可疑的或者有罪的；死去你的回忆——过去的一切如黑洞、惨不忍睹；死去你的想象——任何想象似乎都只能带来危险和痛苦。

然而还是活着，活着也总还有活着的快乐。比如学、说、读维吾尔语，比如自己养的母鸡下了蛋——有一次竟孵出了十只欢蹦乱跳的鸡雏。比如自制酸牛奶——质量不稳定，但总是可以喝到肚里，实在喝不下去了，就拿去发面，仍然物尽其用。比如，也比如饮酒。

饮酒，当知道某次聚会要饮酒的时候便已有了三分兴奋了。未饮三分醉，将饮已动情。我说的聚会是维吾尔农民的聚会。谁家做东，便把大家请到他家去，大家靠墙围坐在花毡子上，中间铺上一块布单，称为dastirhan。维吾尔人大多不喜用家具，一切饮食、待客、休息、睡眠，全部在铺在矮炕上的毡子（讲究的则是地毯）上进行。毡子上铺上了干净的dastirhan，就成了大饭桌了。然后大家吃馕（一种烤饼），喝奶茶。吃饱了再喝酒，这种喝法有利于保养肠胃。

维吾尔人的围坐喝酒总是与说笑话、唱歌与弹奏二弦琴（都塔尔）结合起来。他们特别喜欢你一言我一语地词带双关地笑谑。他们常常有各自的诨名，拿对方的诨名取笑便是最最自然的话题。每句笑谑都会引起一种爆发式的大笑，笑到一定时候，任何一句话都会引起起哄作乱式的大笑大闹。为大笑大闹开路，是饮酒的一大功能。这些谈话有时候带有相互挑战和比赛的性质，特别是遇到两三个善于辞令的人坐在一起，立刻唇枪舌剑、你来我往、话带机锋地较量起来，常常是大战八十回合不分胜负。旁边的人随着说几句帮腔捧哏的话，就像在斗殴中"拉便宜手"一样，不冒风险，却也分享了战斗的豪情与胜利的荣耀。

玩笑之中也常常有"荤"话上场，最上乘的是似荤实荤的话。如果讲得太露太黄，便会受到大家的皱眉、摇头、叹气与干脆制止，讲这种话的人是犯规和丢分的。另一种犯规和丢分的表现是因为招架不住旁人的笑谑而真的动起火来，表现出粗鲁不逊，这会被责为qidamas——受不了，即心胸狭窄、女人气。对了，忘了说了，这种聚会都是清一色的男性。

参加这样的交谈能引起我极大的兴趣。因为自己无聊。因为交谈的内容很好笑，气氛很热烈，思路及方式颇具民俗学、文化学的价值。更因为这是我学习维吾尔语的好机会，我坚信参加一次这样的交谈比在大学维语系里上教授的三节课收获要大得多。

此后，当有人问我学习维吾尔语的经验的时候，我便开玩笑说："要学习维吾尔语，就要和维吾尔人坐到一起，喝上它一顿两顿白酒才成！"

是的，在一个百无聊赖的时期，在一个战战兢兢的时期，酒几乎成了唯一的能使人获得一点兴奋和轻松的源泉。非汉民族的饮酒聚会似乎提醒人们在疯狂地人造阶级斗争中，太平地、愉快地享受生活的经验仍然存在，并没有完全灭绝。食满足的是肠胃的需要，酒满足的是精神的需要、是放松一下兴奋一下闹腾一下的需要、是哪怕一刻间忘记那些人皆有之、于我尤烈的政治上的麻烦、压力的需要。在饮下两三杯酒以后，似乎人和人的关系变得轻松了乃至靠拢了。人变得想说话，话变得多了。这是多么好啊！

一些作家朋友最喜欢谈论的是饮酒的四个阶段：第一阶段饮者像猴子，变得活泼、殷勤、好动。第二阶段像孔雀，饮者得意扬扬，开始炫耀吹嘘。第三阶段像老虎，饮者怒吼长啸、气势磅礴。第四阶段像猪。据说这个说法来自非洲。真是惟妙惟肖！而在"文革"中像老鼠一样生活着的我们，多么希望有一刻成为猴子，成为孔雀，成为老虎，哪怕最后烂醉如泥，成为一头猪啊！

我也有过几次喝酒至醉的经验，虽然许多人在我喝酒与不喝酒的时候都频频夸奖我的自制能力与分寸感，不仅仅是对于喝酒。

真正喝醉了的境界是超阶段的，是不接受分期的。醉就是醉，不是猴子，不是孔雀，不是老虎，也不是猪。或者既是猴子也是孔雀，还是老虎与猪，更是喝醉了的自己，是一个瞬间麻痹了的生命。

有一次喝醉了以后，我仍然骑上自行车穿过闹市区回到家里。我当时清醒地意识到自己是醉（据说这就和一个精神病人能反省和审视自己的精神异常一样，说明没有大醉或大病）了，意识到酒后冬夜在闹市骑单车的危险。今天可一定不要出车祸呀！出了车祸一切就都完！一定要控制住自己的身体平衡！一定要躲避来往的车辆！看，对面的一辆汽车来了……一面骑车一面不断地提醒着自己，忘记了其他的一切。等回到家，我把车一扔，又是哭又是叫……

有一次小醉之后我骑着单车见到一株大树，便弃车扶树而俯身笑个不住。这个醉态该是美的吧？

还有一次，我小醉之后异想天开去打乒乓球，每球必输。终于意识到，喝醉了去打球，不是一个正确的选择。喝醉了便全不在乎输赢，这倒是醉的妙处了。

最妙的一次醉酒是20世纪70年代初期在乌鲁木齐郊区上"五七干校"的时候。那时候我的家还丢在伊犁，我常常和几个伊犁出生的少数民族朋友一起谈论伊犁，表达一种思乡的情绪，也表达一种对自己所在单位——前自治区文联与当时的乌拉泊干校"一连"的没完没了的政治学习与揭发批判的厌倦。一次和这几个朋友在除夕之夜一起痛饮。喝到已醉，朋友们安慰我说："老王，咱们一起回伊犁吧！"据说我当时立即断然否定，并且用右手敲着桌子大喊："不，我想的并不是回伊犁！"我的醉话使朋友们愕然，他们面面相觑，并且事后告诉我说，他们从我的话中体味到了一些别的含义。而我大睡一觉醒来，完全、彻底、干净地忘掉了这件事。当朋友们告诉我醉后说了什么的时候，我自己不但不能记忆，也不能理解，甚至不能相信。但是我看到了受伤的右手，又看到了被我敲坏了桌面的桌子。显然，头一个晚上是醉了，真的醉了。

好好的一个人，为什么要花钱买醉，一醉方休，追求一种不清醒不正常不自觉浑浑噩噩莫知所以的精神状态呢？这在本质上是不是与吸毒有共通之处呢？当然，吸毒犯法，理应受到严厉的打击。酗酒非礼，至多遭受一些物议。我不是从法学或者伦理学的观点来思考这个问题，而是从人类的自我与人类的处境的观点提出这个问题的。

面对一个喝得醉、醉得癫狂的人，我常常感觉到自我的痛苦、生命的痛苦。对于自我的意识为人类带来多少痛苦！这是生命的灵性，也是生命的负担。这是人优于一块石头的地方，也是人苦于一块石头之处。人生与社会为人类带来多少痛苦！追求宗教也罢，追求（某些情况下）艺术也罢，追求学问也罢，追求美酒的一醉也罢，不都含有缓解一下自我的紧张与压迫的动机吗？不都表现了人们在一瞬间宁愿认同一只猴子、一只孔雀、一只虎或者一头猪的动机吗？当然，宗教艺术学问，还包含着更高更阔更繁复的动机，而且不是每一个人都做得到的。而饮酒则比较简单易行、大众化、立竿见影，虽有它的害处却不至于像吸毒一样可怖、像赌博一样令人倾家荡产，甚至也不像吸烟一样有害无益。酒是与人的某种情绪的失调或待调有关的。酒是人类的自慰的产物。动物是不喜欢喝酒的。酒是存在的痛苦的象征。酒又是生活的滋味、活着的滋味的体现。撒完酒疯以后，人会变得衰弱和踏实——"几日寂寥伤酒后，一番萧索禁烟中"。酒醉到极点就无知无觉，进入比猪更上一层楼的大荒山青埂峰无稽崖的石头境界了。是的，在猴、孔雀、虎、猪之后，我们应该加上饮酒的最高阶段——石头。

好了，不再做这种无病呻吟了（其实，无病的呻吟更加彻骨，更加来自生命自身）。让我们回到维吾尔人的欢乐的饮酒聚会中来。

在维吾尔人的饮酒聚会中，弹唱乃至起舞十分精彩。伊犁地区有一位盲歌手名叫司马义，他的声音浑厚中略有嘶哑。他唱的歌既压抑又舒缓，既忧愁又开阔，既有调又自然流露。他最初的两句歌总是使我怆然泪下。"一声何满子，双泪落君前"，我猜想诗人是只有在微醺的状态下才能听一声《何满子》就落泪的。我最爱听的伊犁民歌是《羊羔一样的黑眼睛》，我是"一声黑眼睛，双泪落君前"。我现在在香港客居，写到这里，眼睛也湿润了。

和汉族同志一起饮酒没有这么热闹。那时酒的作用似乎在于诱发语言。把酒谈心，饮酒交心，以酒暖心，以心暖心，这就是最珍贵的了。

还有划拳，借机伸拳捋袖，乱喊乱叫一番。划拳的游戏中含有灌别人酒、看别人醉态洋相的取笑动机，不足为训。但在那个时候也情有可原，否则您看什么呢？除了政治野心家的"秀"，什么"秀"也没有了。可惜我划拳的姿势和我跳交际舞的姿势处于同一水准，丑煞人也。讲究的划拳要收拢食指，我却常常把食指伸到对手的鼻子尖上。说也怪，我其实是很注重勿以食指指人的交际礼貌的，只是划拳时控制不住食指。

"何以解忧，唯有杜康""古来圣贤皆寂寞，唯有饮者留其名""光阴须得酒消磨""明朝酒醒知何处"（后二句出自苏轼）……我们的酒神很少淋漓酣畅的亢奋与浪漫，倒多是"举杯浇愁愁更愁"的烦闷，不得意即徒然地浪费生命的痛苦。我们的酒是常常与某种颓废的情绪联系在一起的。然而颓废也罢，有酒可浇，有诗可写，有情可抒，这仍然是一种文人的趣味、文人的方式。多获得一种趣味和方式，总是使日子好过一些，也使我们的诗词里多一点既压抑又豁达自解的风流。酒的贡献仍然不能说是消极的。至于电影《红高粱》里的所谓对"酒神"的赞歌，虽然不失为很好看的故事与画面，却是不可以当真的。制作一种有效果——特别是视觉效果——的风俗画，是该片导演常用的一种艺术表现手法，而与中国人的酒文化未必相干。

近年来在国外旅行有过多次喝洋酒的机会，也不妨对中外的酒类做一些比较。许多洋酒在色泽与芳香上优于国酒，而国酒的醇厚别有一种深度。在我第一次喝干雪梨（cherry-dry）酒的时候我颇兴奋于它与我们的绍兴花雕的接近，后来与内行们讨论过绍兴黄的出口前景（虽然我不做出口贸易）。我不能不叹息于绍兴黄的略嫌混浊的外观，既然黄河都可以治理得清爽一些，绍兴黄又有什么难清的呢？

我也不明白为什么中国的葡萄酒要搞得那么甜。通化葡萄酒的质量是很上乘的，就是含糖量太高了。能不能也生产一种干红

（黑）葡萄酒呢？

我对南中国一带就着菜喝"人头马""XO"的习惯觉得别扭。看来我其实是一个很保守的人。我总认为洋酒有洋的喝法。饭前、饭间、饭后应该有区分。怎么拿杯子，怎么旋转杯子，也都是"茶道"一般的"酒道"。喝酒而无道，未知其可也。

而我的喝酒，正在向着有道而少酒无酒的方向发展。医生已经明确建议我减少饮酒，我又一贯是最听医生的话、最听少年儿童报纸上刊载的卫生规则一类的话的人。就在我著文谈酒的时候，我丝毫没有感到"饮之"的愿望。我不那么爱喝酒了。"文化大革命"的日子毕竟是一去不复返了。

这又是一种什么境界呢？饮亦可，不沾唇亦可。饮亦一醉，不饮亦一醉。醉亦醒，不醉亦醒。醒亦可猴、可孔雀、可虎、可猪、可石头。醉亦可。可饮而不嗜，可嗜而不饮。可空谈饮酒，滔滔三日绕梁不绝而不见一滴。也可以从此戒酒，就像我自1978年4月起再也没有吸过一支烟一样。

我的遗憾

我的遗憾实在太多啦，写多少也写不完，不如偷懒，干脆不写文章，报个账吧。

一、正是长身体的时期，11岁到17岁，营养不良，睡眠不佳，又忙，块儿没有长足。从我的父亲及弟弟的身量来看，我起码应该长到一米八〇，而现在，虚报一点，一米六九。

二、我非常非常喜欢音乐，自以为音乐细胞不疲软，却不会任何一样乐器。而且连五线谱也识不好，来了五线谱，需要拿手指头数"蛤蟆骨朵"。

三、学语言的能力似不甚低。例如我自学的维吾尔语，便达到了做同声翻译的水平，但至今没有哪一门外语过关。

四、初中时极爱数学，数学老师对我寄予厚望，结果我却辜负了老师的期望。

五、喜欢开玩笑，有时引起了不快，得罪了人。有时令人觉得不够庄重，有时付出了极大的代价，仍然改不过来。

六、在极正式的宴会上，有时把食品掉到了雪白的桌布上。

七、接到了朋友的信，写完回信找不到地址了。

八、为表示宽容大度，帮助了不应该帮助的人，然后活该吃他们的亏。

九、说是不喜欢奉承，却终于接受了、提携了奉承自己的小人。

十、有几本自己写的书，出版过程中连校对的时间都没找出来，错别字很多。

其他，举不胜举，数不胜数，写不胜写。写不好、写不完自己的遗憾，这本身也就是一种遗憾了。

猫话

作家养猫、写猫，"古"已有之，于今犹盛。

20世纪60年代，丰子恺先生写过一篇谈猫的文字，说是养猫有一个好处，遇有客至而又一时不知道与客人说什么好，便说猫。

说猫，也是投石问路，试试彼此的心扉能够敞开到什么程度。

那么，我也给读者们说说猫吧。

猫的命运与它们的主人之间，是不是有什么关系呢？

夏衍与冰心都是以爱猫著称的。据说夏公"文革"前养过一只猫，后来夏公在"文革"中落难，被囚多年，此猫渐老，昏睡度日，乃至奄奄一息。终于，"文革"后期，夏公恢复了自由，回到家，见到了老猫。老猫仍然识主，兴奋亲热，起死回生，非猫语"喵喵"所能尽表。此后数日，老猫不饮不食，溘然归去。

或谓，猫是一直等着夏公的。只是在等到了以后，它才撒爪长逝。

闻之怆然。又生人不如猫之思。

冰心家里养着两只猫，都是白猫。一为土种，一为波斯种，长毛碧眼。按当今神州时尚，自是后者为尊为宠。偏偏冰心老人每次都要强调，她不喜欢碧眼波斯猫——像个外国人（？）似的。她强调碧眼波斯猫是她的女儿吴青的，土猫才属于她自己。她称她的褐眼土猫为"我们家的一等公民"。她把她与猫的合影送给我与妻，照片上一只大猫占了三分之二到四分之三的位置，老人叨陪末座。

刘心武也养猫，是一只硕大无朋的波斯猫，毛洗得雪白纯净，俨然贵族，望之令人惊喜，继而心旷神怡。唯该猫对待客人十分淡漠，它能引起你的兴趣，你却引不起它的兴趣。面对这样的优良品种贵族气质的大白猫，你似乎也略感失落。

刘家还另有一只土猫。刘心武曾经撰文维护万有的生存权利与猫猫生而平等的观念，说是他钟爱波斯猫而绝不轻慢土猫。不薄土猫宠波斯。这种轻重亲疏的摆法，又与冰心老人不同了。

我也喜欢养猫。"文革"当中我在新疆伊犁，养了一只黑斑白狸猫，取名"花儿"，是我所在的巴彦岱红旗公社二大队的看瓜老汉送给我的。这只猫十分善解人意，我们常常与它一起玩乒乓球。我与妻各在一端，猫在中间。我们把球抛给猫，猫便用爪子打给另一方，十分伶俐。花儿特别洁身自好，决不偷嘴。我们买了羊肉、鱼等它爱吃的东西，它竟能做到非礼勿视、非礼勿行，远远知道我们买了东西，它避嫌，走路都绕道。这样谦谦君子式的猫我至今只遇到过这么一回。

这只猫时时跟随着我。我在农村劳动时，它跟着我下乡。遇到我去伊犁河畔的小庄子整日未归时，它就从农家的房顶一直跑到通往庄子的路口，远远地迎接我。有时我骑自行车，它远远听到了我的破旧的自行车的响声，便会跑出去相迎。遇到我回伊宁市家中，我也把它带到城市。最初，这种环境的变异使它惊恐迷惑，后来，它似乎明白了是怎么回事，习惯于双栖生活，不以为异了。

花儿的结局是很悲惨的。可能它过于"内外有别"了：它在家里的表现克己复礼，但据说常在外面偷食。毕竟是猫。花儿偷食了人家的小鸡，被人下了毒饵——真可怕，人是世界上最残忍的动物，鸡的主人在一块牛肉里放了许多针，我们的亲爱的花儿在生育一个月、哺乳期刚满之后中毒针死去。它的死是多么痛苦呀！

我现在也养着猫。与夏公、冰心、心武的猫相比，我的猫不修边幅，不仅邋遢，简直是肮脏。一些养猫的行家对我是嗤之以鼻。认为我根本不配加入宠猫者的行列。这里的关键问题是，他们这些宠猫者们养的猫都是阉割过的无"性"猫，是一些大太监二太监小太监之流（请二位前辈及心武老弟原谅我）。对于人来说，它们是太可爱太漂亮太尊贵了，但对于它们自身来说，它们能算是得宠了吗？能算是幸运的吗？以阉割作为取宠的代价，是不是失去得太多了呢？

我养的猫完全是率"性"而为。我们家有一个小院，四株树，猫爬树上房，房顶上是它的自由天地。叫春的时候，它引来一群"男友"，有大黄狼猫、黄白花猫、黑白花猫、纯白猫，在房上你唱我和，你应我答，你哭我叫，煞是热闹。人不堪其吵闹，蒙也不改其乐。人需要love，猫没有love行吗？蒙甚至纵容猫儿的"自由化"到这种程度：大黄狼猫竟敢大白天从树上蹿到我们的院子，捉我们养的小白猫当众做爱。世风日下，猫心不古，呜呼善哉！

王蒙是以猫本位的观点而不是以人本位的观点来养猫的。我养的猫又野又脏，参加选美是没有戏的。但我仍然为王蒙养的猫而庆幸。

当然，这又与计划生育的原则相违背。我的狸猫两年五窝，每次生崽三至五个，至今一批小崽推销不出去，早晚有猫满为患的那一天。这样养猫，贤明乎？大谬乎？您说呢？

我是我自己的主人

有人常常说庄子是主观唯心主义，原因就在于，庄子的理论要点在于强调自己的主体性、主体思想，来拯救自身，来获得精神的自由与自主。庄子说的自由与自主状态，不是通向某种社会制度的保障，也不可能想象到那样一种保障，而是通向两个字：逍遥。

庄子一生论述的主旨就是指出通向逍遥之路，实现个人与内心世界的超脱解放。享受庄子，首先就是享受这个关于逍遥的思维与幻想体系的别具风姿。鲲鹏展翅正是庄子逍遥典型的注解，它带给我们的享受是浩瀚的海洋，是巡天的飞翔，是对于自身的突破，是灵魂突破肉身，是生命充溢宇宙，是思想突破实在，是无穷突破有限，是想象、扩展、尊严与力量突破人微言轻、身贱草芥、命薄如纸，以及被世俗看得扁扁的不可承受之轻。

这样的鲲鹏式的想象与传述其实充满了挑战，是惊世骇俗而不是韬光养晦，是气势逼人而不是随遇而安，是自我张扬而不是委曲求全。固然老庄并提已为历代读书人接受，但庄子的骄傲劲、潇洒劲、夸张劲、逍遥劲一呼便出，他可不是人往低处走（一位学人这样概括老子的思想）的主儿。

春秋战国那种恶斗不已的情势下，你可能不为世用，蹉跎一生；你也可能幸运一时，朝为座上客，你还可能旦夕祸福，突遭横祸，夕为阶下囚；你可能事与愿违，屡遭诬陷；你可能志大才疏，福薄运蹇，一辈子穷愁潦倒……再没有了绝对精神的绝对无条件的胜利，你还能有什么呢？精神胜利、精神胜利，不在精神上，你能在哪里得到有把握的与永远的胜利呢？

回到我们当下社会和生活中，许多人每天忙忙碌碌、辛辛苦苦、焦头烂额、四处碰壁，无非是为了争名夺利，最后是丧失自我也丧失寿命，这是何等的荒谬，何等的自讨苦吃！因名利而有所快乐，有所忧愁，有所挫折，有所进取，那是舍本逐末的愚蠢，是自戕自毁的糊涂，是丧失自我的迷失。那么，什么是本，是贵，是重要的呢？是生命，是自我，是逍遥，是解脱，是与大道在一起，是处于道之枢纽、与一切等距离。反过来说，就是视名利为无物，视名利为粪土，摆脱名利的桎梏，拒绝名利的诱惑，绝对不为名利冒险，不为名利轻生丢命，也不会为名利而缴出自己的独立和自由自在的舒展。

名利愈多就愈不自由，就愈成为名利的祭品。说到底，名利不是心肺，不是肝肾，不是灵魂，也不是心地，名利是俗出来的，是俗人闹腾出来的泡沫与臭气，然后由更俗的人们人云亦云、鹦鹉学舌、以讹传讹的结果。我们有什么看不开放不下的呢？

当然，庄子讲得实在痛快，就像他写到的鲲鹏嘲笑那些小飞虫、小家雀一样。但也有一个问题，多数人很难做到像庄子那样的淡泊名利，超然物外。

我们需要承认，名是荣耀，也是方便，是生活质量的一个组成部分。用一个新词，名也是软实力，名大则路宽，你很难否定这方面的事实，哪怕这只是片面的肤浅的事实。名利仍然有一定的吸引力，名利至少是一种调味品，使平凡的生活增加了一点滋味，使冷漠的生活增加了一点温度。但我们要时刻警醒：这个滋味也许有毒，这个温度可能有假有害。对名利，我们不妨也有一点儿艳羡之意，不妨也偶一为之，看看名利离我们有多远。然而绝对不能听任名利异化，不能听任名利控制了我们自己。

与我们自己的人格、生命、理念与逍遥相比，与大千世界的规律、本原、伟大相比，名利实在不值一说。名利如酒肉，见酒肉而想尝试尝试，非大罪也，但你的人格与目标毕竟比一盘肘子或者一盏二锅头高得多。名利如同搂草打兔子，如同读完报纸卖废纸，顺手一做就是了，不是目标，不足动心，更不值得为了名利而殉之。

所以庄子通过鲲鹏的说法，起码给了我们一个自我调理和自我提升精神境界的参考和启示。让我们得以了解自古以来就有这么一种东西，通过这个东西可以表达一种精神的高超、一种精神的超越、一种精神的独立。我高于你们一般的人，你们最在乎的那个，我不在乎！为什么我不在乎？因为我有更高的境界，我有更高的快乐。在这个境界当中，我才是我自身的主人。

在这个境界当中，不管遇到什么挫折，遇到什么不利的事情，仍然能够保持一种自我的信心，仍然保持一种对自己实力的一个足够的掌握，尤其是保持一种逍遥自在，与万物同游、与天地同在、与大道同在的这样一种心态。

磨豆浆

在家里，有几件事是我"垄断"的——喂猫、调理煤气灶的风眼和磨豆浆。

现在，先谈一谈磨豆浆。

我喜欢喝豆浆，首先是基于营养学的有关理论，什么蛋白质啦，矿物质啦，胆固醇比牛奶低得多啦之类。其次是由于传统，我这个年龄的人，长期生活在北京，能想得出什么更好的早餐来吗？后来又加上新潮流。我在澳大利亚就知道，那里的豆浆比等量的牛奶贵多了。在新加坡，我也发现，那里到处都有袋装的豆浆卖。您瞧，东方的神秘主义与西方的实证主义、炎黄传统与现代科技以及带有东方禁欲主义色彩的素食路线与讲求营养的乐生态度不就在豆浆上汇合了吗？大哉豆浆！粥我所欲也，豆浆亦我所欲也，谁说二者不可得兼？一样一样地喝可也。

但是常常苦于找不到好豆浆，豆浆的本源黄豆可比稀粥坚硬多啦！把坚硬的黄豆变成温柔驯顺纯洁无私的豆浆并不是那么容易的事情。早点铺里卖的豆浆清可鉴人，透明度未免令人伤感，有时还有沉渣起伏，有时还有酸味辣味"哈喇"之味。自从我国经济发展生活提高以来，鸟枪换炮，就连最不像样子的早点铺也变成二等餐馆了，大家都向五、四、三星级酒店看齐，鸡鸭鱼肉都不在话下，一心追求乌龟王八蝎子上席，这样，最最不像样子的豆浆就很难找到了。无豆浆便想豆浆，这也是人之常情吧。从五年前我便开始用买自意大利罗马的粉碎机自制豆浆。粉碎效果很好，就是过滤麻烦。为了过滤豆浆，我特意买了箩。后来一位朋友又送了我一面更精致的金属丝编织的箩，上题："碾压成正果，漏渗有精华"，令人忍俊不禁，心想亏他想得出。题字是经过刀刻烟熏涂绿的，不像是这位朋友"别有用心"自撰的。后来我把这面箩送给张洁了。但据说她也没怎么坚持从事豆浆制造事业，她也嫌麻烦。

有了箩仍然磨不干净，滤不干净，每次出浆不多，出渣不少，物未尽其用，精华与糟粕不分，一起扔掉或者沤肥，有点对不起种豆打豆的农民兄弟。我也试着把豆渣吃过几次，呛得孩子直咳嗽。

恰在此时，有一位朋友得知了我偏爱豆浆的事。她慷慨地把一台上海出产的矽钢万能食品粉碎机送给了我，其中特别包含了磨豆浆和筛豆渣的设施：粉碎的刀具外面包着一层纱罩，把粉碎与过滤变为一道工序，抓一把浸泡软化过了的黄豆可以加水三次碾磨出浆三次。这样，眼看着泡得饱满鼓胀的黄豆一次又一次地变成充溢着营养的白色乳汁，心中的几乎是类似创世的快乐便油然升起。劳动创造世界，马克思主义的那么多道理似乎是从这里来的——不像是从造反有理那里来的。

　　当然，洗豆泡豆加水开动停机……这样做很费时间。磨豆浆的噪音也很大。有时为供应全家喝豆浆我要早起一个小时，磨完了煮开也要费不少时间，豆浆很容易出现沸腾的假象，咋咋呼呼一大堆泡沫其实仍然是凉的；而生豆浆喝了是会中毒的，所以需要十分小心地慢慢加热，自始至终密切注视着豆浆的动态，不敢掉以轻心，绝对不能使之失控。整整六十分钟一心沉浸在豆浆制作的兴奋与不无的紧张里，把一切不如磨豆浆有趣有意义不如磨豆浆清楚明白的狗事即那些一心想不让人喝好豆浆的破事全部丢到九霄云外，我觉得很愉快。边喝豆浆边长精神，边喝豆浆边得休息，边喝豆浆边认定如果一旦自己江郎才尽写不成小说了，能磨豆浆也还算有点用，磨不了豆浆光喝也行，就是千万别干专门害写作的同行整写作的同行的事。

那样的人毕竟是极少数。我边喝豆浆边感到了同行之间的友谊的温暖。中国当代文人的特点毕竟是常常相濡以沫，不是一口咬住就不撒嘴。而那些虎视眈眈，时刻打算着把同行吞到肚里去的朋友，如果多磨几次豆浆喝几次豆浆，说不定也会增加一点人情味，表情变得松弛一些。

第三章

春天的心

人生要
有所珍视
和眷恋

　　北方和南方，雪白的冬天和碧绿的春天一
样的冬天以及所有的季节、所有的地方、所有
的生活，反正我要为你而歌唱。

春天的心

春天的心活在春天的人的身体里。

春天的心是活跃的，生气蓬勃的，充满了活着的力量。春天使人爱生活：看呀，桃花的骨朵，柳枝的嫩芽，牛毛似的小雨帘子般地挂着，一切多美。生活本身是可爱的呀。听呀，池水的潺潺像低唱一首甜蜜的恋歌，晨鸟的啾啾像喁喁的情话，远处的孩子们唱了：

青草生

花儿红

斜织细雨里

老牛驮着牧童……

这嘹亮的歌声使春天的心朦胧了，沉醉了。

嗅呀！翘起鼻子，刚下完雨的潮湿气息，钻进你的鼻孔，使你的心痒痒的。玩吧，跳吧，高歌吧，舞蹈吧，暂时忘掉你的痛苦。我们都是小孩子，应该有小孩子的心，而小孩子的心便是春天的心呀！

春天的心又是懒洋洋的一股子劲儿。朋友，你可晒过春天的太阳？倚着树、靠着墙，闭上眼睛，让金黄色的太阳从头至脚抚摸你，你感到和暖，你感到舒适，身子散了，软了，像棉花一样；身子轻了，没有丝毫重量。于是你的身躯自然地摇摆着，飘，飘，飘到天空里，坐在白云上，和云雀一同唱歌，和风筝一同跳舞。说起风筝，你可常听到风筝铜铃寂寞的嗡嗡的声音？还有远处的空竹声也是相像的。它使你每个细胞都酥软了，它使春天的心荡漾在那声波里。听到之后你或者便颓然卧在草地上，让小野花的黄蕊洒在你的鼻孔里。你或者会兴奋地跳起来，喊着说："我们生活在春天里，我们生活在阳光里，我们生活在春天的阳光里！"本来嘛……

春天的心是美好的，善良的，纯洁的。因为美以大自然的为最美，而大自然的美表现在春天。你知道春山——远望苍翠欲滴，郊外踏青便是为了欣赏春山呀。你知道春水——"风乍起，吹皱一池春水"。你知道春花春草——流行歌曲不是这样唱吗：

"春天的花，是多么的香"；通俗的对子，不是这样写吗："又是一年芳草绿，依然十里杏花红"。你知道春雨——"帘外雨潺潺，春意阑珊""细雨梦回鸡塞远，小楼吹彻玉笙寒"。你知道春宵——"今夜偏知春气暖，虫声新透绿窗纱"以及什么"月移花影上栏杆"……好了，这些歌颂春天的句子是实在写不完的。人在这美的结晶里，丑恶的会变成美善，污浊的会变成纯洁。春天本身便是诗，何待写她在纸上？而春天的心，便是诗里的诗了。

虽然如此，春天的诗和含苞待放的春花一样，和刚伸出头来的草一样，是幼稚的，是脆弱的。她是才入世的小娃娃，而不是千锤百炼的勇士；她是呢喃倩舞的小燕，而不是在狂风暴雨里挣扎的海燕；她是小花而非大树，诗歌而非枪炮（请恕我这句话似乎包括对诗歌的不敬）。但是，春天要被更成熟、更热情、更坚强的夏天代替，春天的心也变成钢铁的心了。

盛夏

是不是夏天被钉子钉住了？

每天都是24℃至32℃。不算太热，热得并不极端，但是没有喘息，没有变化，没有哪怕是短暂的缓解。不论翻多少次报纸，拨多少次121气象预报台，看多少次屏幕上的"卫星云图"，都是一个公式：24℃至32℃。

而且潮湿得不得了，闷得叫人喘不上气。被褥、衣服都发出霉味，木质门窗关不上了。湿疹、脚癣都乘机肆虐，猫也长开了猫癣。坐在那里，一层油汗敷满了全身。不是早就立秋了吗？不是三伏都快完了吗？不是学校都快开学了吗？

在湿热天气中，脑子开始发木。一个熟朋友家的电话号码，硬是想不起来了。刚读完的一本杂志，两分钟后就找不到了。约好了去看访一个病人，居然错过了探视时间。

而居然有了转机：天气预报，今晚有阵雨，转中到大雨。太好了，太好了，下场痛痛快快的大雨吧！虽然气温依旧，大雨下过后就将一切不同了吧？

便早早地收拾了晾在阳台上的难得一干的衣服。便把户外的东西一件件往室内搬。便抬头看西北方，有云吗？快来了吧？

等了一个夜晚，又一个白天。等到第二天晚上听完李瑞英同志与张宏民同志播报的新闻联播，又从天气预报图板上看到了同样的预告：今晚夜间，阵雨转中到大雨……

十点钟的时候果然来了一阵雨，轻描淡写，点点滴滴，来得麻利，去得轻巧。来得无声无响，不刮风，不打雷，不闪电，去得无痕无迹，几滴水早被干渴的地面吸收尽净。这样的阵雨好洒脱哟，它似乎代表着一种飘逸、自由、灵巧的风格，它简直是一个梦。这样的阵雨好不负责任哟，它干脆只是走一走过场，它像一个骗局。

此夜星光灿烂，莫非预报了又预报，等待了又等待的中雨大雨又"黄"了？

便无奈地躺在床上，体味汗的流渗，体味汗与被褥特别是与枕头结合起来的陈年芳馨，体味把所有的电话号码都忘记了的大脑的废置。能梦见小溪里蹦跳的鳟鱼吗？

嗒。

嗒嗒。

嗒——嗒——嗒。

什么？有一本书落到地上了吗？

是雨！是雨点声清晰可辨的雨，睁开眼睛看到了模糊的电光，有雷自远方滚滚而来。

猫儿发出了怪声，急促地召回它的孩子们，避雨。

嗒嗒嗒嗒嗒……听声音就是大雨点。雨点愈来愈密，雨点愈来愈混成一片一团，而且声音变得响亮和尖利起来，莫非雨声中有人吹响了哨子？莫非雨中青蛙叫了起来？

突然一道青绿色的强光，一声炸雷震响在屋顶上，大雨像敲击重物一样砸在地上，没有节奏，没有间歇，没有轻重缓急，只有夹带着"哗啦哗啦"的乒乓叮咚。又是强光，又是雷暴，又是砸着重物的大雨，豪雨。好像开始了阵前的冲锋。

睡意全无了，只觉得高兴，觉得有趣，觉着老天爷还是有两下子。便光着脊梁去淋雨，去检查地沟眼是否畅通，去检查各房间是否漏雨。眼前雨水暴涨，大声喊叫着以压过雨的喧嚣。便忽然想起洪水的可怕，天灾的试炼，灾民的痛苦，赈灾的必要。如果这样下去，大水不也要进房间了么？但仍庆幸这场雨终于下来了。

大雨终于停了，夜终于过去了。问一下121气象台，仍然是24℃至32℃。

初冬

当湖面上结起最初薄冰，你温柔的，可是悸然心动？

你知道，太阳一出来，冰就化了，水面上仍然泛舟。

你知道，人们会愈来愈喜欢太阳。在阴天之外，人们还有许许多多晴朗的日子。

你知道，树叶会大落特落了，落完之前，它们正在枝上灿烂得紧。

你知道鸟并不会飞光，即使是黑老鸦，也会在严冬分担你的冬日的愁闷。

你知道火炉将会生起，火焰将用它的不可捉摸的躲闪与静静的温热来挑逗你。你可以干一杯因为涨价而显得更加神异或者因为不涨价而显得更加友善的酒，让火的闪耀发生在你的身体里。

你怀念远方的朋友和亲人，你奇怪，为什么愈是你想念的人你愈少与他们联系。

你知道一年将终，而这已经不像——例如十年前那样使你惊奇，使你抗拒，使你兴奋，又使你逃避。一年，又是一年，就是一年而已。

你知道冰将逐渐冻厚起来，许多年轻人在冰上游戏。你奇怪你为什么那么早就结束了你滑冰的历史，那么早就退出了冰之天堂，又永远不忘火热的冰戏。

你觉得初冬还不是冬，而只是秋的继续，甚至是夏的继续。你觉得夏是漫长的。呵，冬也是漫长的。而一切是多么短促。当夏去秋来冬来的时候，你说不清你是在告别还是在等待。你说不清如果你等待的话究竟在等待什么？遍天飞雪？冻柿子？爬犁？冰挂？新年春节的爆竹？还是次年的拂面和风？

当第一片薄冰在初冬时节被你的眼光捕捉，正像你发现了自己与妻子的第一绺白发。又平静，又庄严。又悲伤，又甜蜜。

冬之丢失

　　一个道地的北方佬是不会不喜欢北方的严冬的。例如在我的第二故乡——新疆，那飘飘扬扬的大雪似乎充满了热情，它们跳的舞蹈是现代的，铺天盖地，东歪西扭，熙熙攘攘，哄哄闹闹，而凛冽的寒风进一步意欲旋转整个宇宙。雪后天霁，谁能不被阳光下亮晶晶的一串串"树挂"所醉倒？每个行人嘴里都吐着白雾，每个戴口罩者眉毛上都结满了冰花，或者那也是雪花吧？天下过了雪，人嘴里又吐出了雪花。从马的粗大的鼻里喷出的白雾落到马脖子上，也凝结成了白花花的冰霜。

　　这是一个银白的、冻结了的世界吗？不，乐观的维吾尔人有一句家喻户晓的谚语：火是冬天的花。那鲜红的、奔放的火，不正像花，不是比花更富有活力么？有人的地方就有火，有家家户户取暖的火。火苗呜呜地叫着、闹着跳到火墙里，火墙烘得暖洋洋，人也睡昏昏了。还有炼钢炉的火，炒菜锅底下的火，火车头上的火和每个人心里头爱生活、爱祖国的火，原来，新疆的冬天里也有的是温暖啊！

但毕竟冬天是和零下许多度，和光秃秃的枝丫，和冰雪，和西北风，和街头滑倒的行人，和被风雪堵住的门窗，和厚重的棉衣与老羊皮袄联系在一起的。在北方人的大脑皮质的第二信号系统里，"冬"字不可能唤起别样的记忆和联想。

如果在我们辽阔的祖国，却分明有着别样的冬天呢？你可曾见过这样的情景：十冬腊月，艳阳高照，杂树繁花，青波绿草，鸟语虫鸣，果鲜菜嫩，门开窗启，衣少身轻……

这是一个失去了冬意的冬天。这两种性格和姿态全然不同的冬季的距离，对于三叉戟和波音707来说不过是两个多小时。两个多小时以前，我们还在北京，两个多小时以后，我们就在广西了。冬天依旧而面目全非，伴随着惊喜的，不是还有点迷惑、有点慌乱么？

离开南宁已经有二十天了，南国的1月给我们的冲击却依旧在我的心田里引起许多余震。兴奋、迷惑和慌乱依旧保持在我的情绪里。那究竟是一种什么声音呢？嗡嗡的，像是觅着花蜜的成群的小蜜蜂，像是奔跑着、追逐着、喧闹着的孩子们，像是远方传来的飞机、汽车和拖拉机的马达在齐声欢唱。在广西南宁度过的三个星期里，日日夜夜似乎都有这样一种声响在吸引着我、逗弄着我。而且，这弥漫着的，暂时还是含蓄和羞怯的，却又蕴含着无限活力的声音是与南宁的绿树与阳光同在的。它们好像是一回事。挺拔中透露着潇洒与妩媚的桃榔，热烈中显现出朴质与尊严的芭蕉，自由的蒲葵，高贵的木菠萝，娴雅的荔枝、龙眼，个子虽大却给人以轻灵俊逸之感的小叶桉，还有执着的扁桃，洁身自好的枇杷，不愿惹人注目的丹桂，像诗一样多情、又像诗一样谦逊的木棉和红豆——相思树，当这么多脾气与外貌各不相同的树木参差和睦地生活在一起的时候，有感于同一个冬日也不减辉煌的太阳，它们能不交流吗？它们能不调笑吗？它们能不发出那神秘的，富有召唤力的嗡嗡声吗？

而它正盛开着红花。羊蹄脚，多么富有泥土气息的名字！因为你的树叶是两瓣的，像羊蹄。一听到名字我就想起新疆来了，哈萨克牧人的小毡房，山坡上的草场，山顶的云杉和山涧里的清水，都是些羊蹄踩过来又踏过去的地方。以你命名的树木把血红的花朵撒落在南宁人民公园的湖波上，双双对对的游人蹬着水上自行车在红花和绿水里穿来穿去。这一天是1982年新年，天气太好了，我脱掉了从北京穿来得太多的衣裳，迟疑了一阵子，又终于脱掉了我认为即使到了广西也不应该脱掉的线背心——只为了更好地靠近一下温暖的太阳。

我都有点不好意思了，南宁使我不时忘记了现在正是冬天。也许就在这同一时刻，天山脚下正飞旋着特大的风雪？北京的青年正簇拥着走进滑冰场的大门？而这里，满街是绿树，是柑橘和香蕉，是水灵灵的硕大的蔬菜，是零售的为去掉涩味而用含盐水浸泡着的菠萝块。满街上的行人又有谁在意这是不是冬天呢？

不是冬天！那树叶和白云对我说。永是春天！那池水和游人对我说。农贸市场的"山珍"和"海味"——木耳、冬菇、冬笋、锦鸡、穿山甲、鱼、虾、蟹，以及人们身上的和百货店货架上的每一件新花色、新样式的衣服，不论是尼龙绸还是南宁特产的麻涤制品，都在应和着这绿色的欢呼。我开始听得懂南宁冬天的嗡嗡声的含义了，这是永恒的春天对生活、对人的召唤。谁听到这召唤，就会血流加速，就会心潮起伏，就会浮想联翩，就会跃跃欲试，渴望着高歌、呐喊、用辛勤劳作唤醒每一块石头和每一寸土地。爱，献身，战斗，再也不能迟疑、等待……

在南宁绢纺厂，我访问了年轻的挡车女工钟勇健和汤凤琼，她们由于连续多年万米无疵布被评为劳动模范，去年秋天参加了市总工会组织的进京旅行，连民航都破例减收她们的机票费用。她们沉浸在幸福的回忆里，又一刻不停地踏上了新的无疵布的征途。她们的笑声汇合在织布车间的铿锵震耳的喧声里，也汇合到春天的召唤里了。

在工读学校，我们参加了广西壮族自治区领导同志给一度失足的可爱的男孩子和女孩子们赠书、赠电视机的仪式。看看他们通红的脸蛋和清洁美丽的衣装，听听他们的热烈的掌声和笑声吧，他们心里的冰雪，早已解冻了……

而在南宁东南郊的"农工商联合企业"（那是以生产行销世界各地的象山牌罐头而著称的），我参观了柑橘园和菠萝田。特别是那里的衣着朴素的农业科学家们，他们正在试管里用一小片一小片的菠萝叶子进行繁殖优质菠萝的新方法的试验。菠萝，一般是每结一次果，老株就渐渐枯干了，而新根就会生出新芽、新茎来，这种方法不但周期长，而且多半只能更新，很难繁殖。现在，科学家们正在把良种菠萝的绿叶切割成小片，再分别放在试管里培养，硬是从一小片菠萝叶上培养出新的根茎、新的植株来，这巧夺天工的匠心和技术！科学正在默默地夺取春天，把春天牢牢地抓在手心里，固定在试管里，然后是苗圃，然后是大田，把春天成百倍、成千倍、成万倍地扩展⋯⋯

春天的景象是各式各样的。比如，我们曾经去拜访一位记者同志，这位20世纪50年代的复旦大学毕业生，不但被"错划"过，而且被"错判"过，他有过十五年的被监禁的沉重经历。只是在党的十一届三中全会以后，他的沉冤才能够得到平反，他才得以恢复工作、成家立业。他把他的新近降临人间的大胖小子抱给我们，又忙不迭地把电唱机摆在地上，给我们放世界名曲。是不是他还有点不那么习惯、不那么善于过一种安定而又幸福的生活呢？你看他家里的东西堆放得多么乱啊，难道先进的带两个音箱的电唱机却要摆在地上使用么？然而，我仍然在这里感受到春天的喜悦、春天的乱糟糟，婴儿的啼哭和帕格尼尼的小提琴都属于这同一个春天的奏鸣曲。

还有工人文化宫里的集体婚礼，鞭炮齐鸣，锣鼓铿锵。体育馆的迎接新年联欢，有几个出身广西的世界技巧比赛冠军参加了表演。还有环经街和阳上街两个街道居委会开展"五讲四美"活动的经验。还有温暖的邕江，毛主席当年冬泳的地方和气派少有的邕江剧院。剧院侧面的喷水池和凤尾竹有多么美丽！还有始终不辍的来自地球的各个角落的游客。有一个美国的自行车旅游团，他们从桂林骑着自行车来到了南宁。其中有一个名叫丽莎的美国科罗拉多州的年轻的女教员，在从南宁到广州的回程飞机上，我们的座位相毗邻，她向我提出了许多问题，对中国表现了巨大的兴趣。她问："你们真的是很快乐的么？"我说："当然，虽然我们也很困难。"她问："听说，能乘坐飞机的中国人都是经过严格挑选的特殊人物？"我说："问题的关键在于买飞机票，不管是中国人还是外国人，买了飞机票就能乘飞机。"她笑起来了，愿她也能感染一点中国的春意吧。

这篇短小的散文的题目原本是《冬》。我是从冬天，从风中狂舞的雪开始写的，我想写一写我们祖国的美好而又多样的冬天。写着写着，我迷路了，我走失了，我不知不觉之间把冬天给弄丢了，笔底下走出来的不是冬天，而是春天。我不愿承认这是由于我构思的低能或者"意识流"云云的混乱。请广西和南宁，羊蹄脚和棕榈科植物，请织布机的太响的闹嚷和金红灿灿的橘、橙代我做个检讨吧，是你们把我的冬天拐走了，你们把我搞乱了，使我困惑了。我时时用朔方原野上的风，用难以逾越的冰山，用呼呼叫的炉火和铜铃叮咚响的马拉雪橇提醒我自己，但我终于忘记了冬天，分不清冬天和春天的差别了。

反正这都是属于你和属于我的祖国，反正这都是属于你也属于我的时光。北方和南方，雪白的冬天和碧绿的春天一样的冬天以及所有的季节、所有的地方、所有的生活，反正我要为你而歌唱。

雨

我喜欢雨，从小。

我不知道我为什么喜欢雨。因为它迷蒙而含蓄，因为它充满生机，因为它总是快快活活，因为只有它才连接着无边的天和无边的地！

"细雨鱼儿出，微风燕子斜""随风潜入夜，润物细无声"。春天的小雨便是大自然的温柔与谦逊，大自然的慷慨与恩宠，却也是大自然的顽皮。它存在着，它抚摸着，它滋润着，却不留下痕迹。用眼睛是很难找到它的，要用手心，用脸颊，用你的等待着春的滋润的心。

也有"凄风苦雨""秋风秋雨愁煞人""梧桐更兼细雨，到黄昏点点滴滴"。其实那倒不一定是"一场秋雨一场寒"的秋天。

即使这样的天气也给繁忙的人们带来休息，带来希望，带来遐思。

正因为有雨中的忧伤的甜蜜，人们才伸出双臂歌唱雨后初阳的万道金光。于是有了那波里的名歌《我的太阳》。

而暴雨和雷雨又是多么欢实，它们驱走暑热，它们解除干渴，它们弥合龟裂，它们叮叮咚咚地敲响沉闷的大地，它们咋咋呼呼地嬉闹着对人们说："别怕，我们折腾一会儿就走。"

小时候，我最喜欢北京城夏日的大雨。雨中，积水上冒出一个又一个的半圆形的小泡儿。

"似水晶、非琉璃、又非玻璃，霎时间了无形迹。"我的姨妈教过我这样的谜语。

为什么这几年在北京很少见到大雨冒泡儿了呢？是气候变了么？是我事太多、心太杂，对似水晶又非玻璃的泡儿视而不见，这泡儿已经唤不起我童年的那种好奇和沉醉了么？哦！

1958年的特别炎热的夏天，我下乡以前暂在景山公园少年宫劳动，盖房当小工，每天担四十多斤一块的大城砖，很累。一天早上刚开工便赶上了天昏地暗的大雨，"头儿"只好宣布放假。

我落汤鸡似的回到家，换了一身衣服，打起雨伞，和同样处于逆境的爱人到新街口电影院看电影《骑车人之死》去了。电影看完了，大雨威势未减。这是1958年，也许是20世纪50年代的最后几年我们度过的最快乐的一天，而这一天，是雨赐给我们的。

冒雨出游，这才有特色，这才有豪兴，这才有对于生活、对于世界的热情。这热情是什么也挡不住也抹不掉的。

所以，当1982年6月初我和几个中国同志一起访问美国的东北海岸而赶上了整整一个星期的阴雨的时候，当不论是主人还是其他客人都抱怨这不凑趣的天气的时候，我却说，我喜欢雨，雨使世界更丰富了。在维尼亚尔（意即野葡萄园）岛上驱车行路的时候，我甚至把汽车窗打开——让溅起的雨珠雨花吹到我的脸上、头发上、脖子上和衣服上吧，这该是大西洋上的天空——与我们古老的神州大地上的是同一个天空——飘洒下来的美丽、友好、清凉却也有些阴沉的信息。雨中的大西洋，似乎泛着更多的灰白相间的浪花。天、海洋、小岛、大陆、漂亮的花花绿绿的别墅房屋、泊港的船只、行驶着的和停下来的汽车，都笼罩在那温柔迷蒙的雨中的烟雾里。

这样的雨就像夜，就像月光，使世界变得温柔，使差异缩小，使你去寻求一种新的适应，新的安慰。

就是让雨淋个透也未尝不是人间快事。在新疆的草原上，我曾经骑着马遭遇过一次短暂的却是声势浩大的雹雨，前不着村，后不着店，上天无路，入地无门，连一株可以略略遮雨的小树也没有。没法子，除了百分之百不打折扣地接受大自然的洗礼之外，没有别的路。当理解了这种处境以后，我便获得了自由，我欣然地、狂喜地在大雹雨中策马疾驰。

这种经验我写在小说《杂色》里边了，但我觉得没有写好。如果有机会，不，不管有没有机会，将来我一定要再写一次草原上的夹着雹子的暴雨。

这豪兴也要有一个条件，就是在前方不远，有哈萨克牧民的温暖的帐篷。兄弟般的哈萨克人会亲切地接待你，会给你一碗滚热的奶茶，会生起他们的四季不熄的火炉，烤干你的被雨打湿了的衣裳。

我们常常说"风吹雨打"，毛主席说要"经风雨、见世面"，我们还说什么经历了"风风雨雨"。这不但让人骄傲，也让人欢喜，不但让人刚强，也让人快活，像我那次在新疆的草原上那样。

而我现在正航行在从武汉到重庆的长江航道上，又赶上了雨。雨对我有情，我对雨有意。

在避风的那一面的甲板上，你看不到也摸不着雨。在船头，雨丝向你迎面喷来，在迎风的那一面，雨丝拉曳成了长线。

江上的雨和人似乎更加亲近。坐船的人都爱水，靠水，感谢水。而正是雨供给着江水，江水升腾着雨。当轮船疾驶的时候，浪花飞溅到甲板上，那不就是雨么？

天色虽然阴霾，两岸的垂柳和庄稼却被雨洗得更加碧绿。没有打伞，也没有穿雨衣，最多戴一个草帽的岸上的女人们的服装在雨中显得分外鲜丽。连岸上的黄土和石头也在雨水中映着洁净的、本色的光。

"晴川历历汉阳树"，当然。但是你知道吗，阴川和雨川，也使我们的河岸、我们的人和树历历如画。

雨是我对生活和土地的无尽的情丝，情思。

湖

我喜爱湖。湖是大地的眼睛。湖是一种流动的深情。湖是生活中没有被剥夺的一点奇妙。早在幼年时候，一见到北海公园的太液池，我就眼睛一亮。在贫穷和危险的旧社会，太液池是一个意外的惊喜，是一个奇异的温柔，一种孩提时的敞露与清澈。

我常常认为，大地与人之间有一种奇妙的契合。山是沉重的责任与名节的矜持。海是渺茫的遐思与变易的丰富。沙漠是希望与失望交织的庄严的等待。河流是一种寻求，一种机智，一种被辖制的自由……

那时候我没有见过海，颐和园的昆明湖对于我来说已经是浩浩然荡荡然的大水了。我每去一次颐和园，都要欣赏昆明湖的碧波，惊叹于湖水的美丽与自身的渺小。

是的，湖是一种美丽，是一种情意。为了陆地不那么干枯，为了人的生活不那么疲劳，为了把凶恶的海控制起来把生硬的地面活泼起来，为了你的眼睛与天上的月亮——你不觉得看到地面上的一个湖泊就像看到天上的一个月亮一样令人欣喜么？为了短暂的焦渴的生命中不能或缺的滋润，于是有了湖。

北京的西山风景区是很美的，但是太缺少湖水了。这样，对香山静宜园"双清"的池水，对小小的儿童乐园式的眼镜湖，我自然是情有独钟。一见到这样的水波荡漾，脸上不由得出现衷心的笑容。

后来到了新疆，那就开了眼啦。在乌鲁木齐与伊犁之间的天山深处，著名的高山湖泊赛里木湖曾经怎么样的令人眼界开阔呀！湖水是咸的，一望无际，湛蓝如玉。盘山公路傍湖而过，无数拉运木材、粮食、水泥、钢筋、百货的重型卡车从湖边走过。四周是长满枞树的高处终年积雪的山坡。时而有强劲的风自由地吹过。我在这里，感觉到一种庄严，一种粗犷，一种阔大。我不能不庆幸我终于离开了大城市，离开了那一个区一个胡同一处房子。我面对着的是一个严峻的、带几分神秘和野性的世界。这个世界里有一个巨大而晶莹的咸湖，它冷静而又尊严，凛然而又高耸地存在着。你觉得你其实只能向往它却很难有机会去亲近它。

在天山南麓的焉耆与库尔勒之间，有一个大湖——博斯腾湖，浩渺无际，芦苇丛生，坐着汽艇穿来穿去也见不到岸。据说有一个外国的总理看展览的时候看到博斯腾湖的照片甚感惊异，他说："新疆不是不靠海吗？"博斯腾湖宛如内陆的海，那是远古时代的海的遗留，那是对于远离大海的新疆的特殊的慰安。

在阿尔卑斯山的脚下，在芝加哥的北边，在布加勒斯特的市区，在高原墨西哥城近郊，我造访过许多湖泊。我流连忘返，我抱怨自己只能匆匆邂逅，匆匆离去，我太对不起上苍的得意创造与生活给予我的机缘。

而珠海斗门的白藤湖呢？它是1993年6月走入我的记忆的。这是又一种心绪，又一番风趣。它是那样亲切随意，那样为人所有为人所用。它是一种景观更是一种资源，它是一种大自然的慷慨，也是特有的风水——它象征着斗门人的、白腾湖人的无限发达的可能。度假村的修建已经开辟了新的历史。白藤湖是更加人化的湖，人化的自然。1993年我有幸在这里居住了若干天。居住在白藤湖，我觉得舒适而又平安。我觉得发展其实并不难，生活其实也不是那么难。只要好好地做，只要不把力量放在破坏上。只要我们变得更近人情一些，更简单一些。只要我们多一点美好的祝愿，少一点恶狠狠的狼眼。

海

海是渺茫的么？烟波浩渺，令人迷失，令船迷失，令罗盘和电脑迷失。

海是狡猾的么？瞬息万变，了无痕迹。

海是庸俗肤浅的么？肮脏泡沫，泛起沉渣，承纳着所有的污染，飘起各样的腐腥气……

海是愁苦的么？尝一尝它的味道吧。

海是洋洋得意的么？吞吐日月，万道金光，浪涛拍岸，所向无敌。

海是软弱的么？连固定的形状都没有。

海是伟大的么？伟大是骗人的么？海是残酷的么？残酷是无心的么？海是主体？海是载体？海已经老了？海已经死了？海已经不适合鱼的生存？海水应该淡化？海应该被填成陆地？

都是的。微风吹来，海水漫上沙滩，它这样说。你听见了吗？

船

我崇拜一切交通工具，崇拜一切自己能动而且能负载着人运动的东西。

直到1958年，在我"出了事情"以后，在我已经发表过几个短篇并完成了一个长篇以后，在我已经早就是共青团的干部并有十年以上的革命"经验"以后，我曾经梦想从此改行到火车上做列车员。

我觉得列车员的工作是神奇的工作。他总是不停，他半夜也在奔跑。每一个车站都和前一个车站不一样，而更新的车站，更新颖的城市和乡村在前面等着他。当睡眼惺忪的旅客摇来晃去的时候，当我国的绝大多数城乡居民酣睡沉沉的时候，当检车工用大小锤头敲了一遍车轮和车轴以后，他——列车员，是清醒的列车的守卫者，他在暗夜中观察着山峦、河谷、道路、桥梁，观察着头顶上的星。一颗星离他越来越远了，另一颗星却正向他眨眼，迎接他的靠拢。

最主要的是他拥有比你我大几倍、几十倍、几百几千倍的空间和距离，也就有那么多倍的生活。不是至今仍然有人一辈子不出自己的村，一辈子不肯、不敢、死乞白赖地不离开自己待着的那个城市市区吗？对于别人是远在天边的、不可思议的、令人发怵或是吃惊的那些地名，对于列车员来说，不就像是他家的房前屋后吗？

至于船，截至20世纪80年代，真正的船还只出现在我的梦里、爱唱的歌曲里，儿时的稚气的画里。

从前当我少年时，
鬓发未白气力壮，
朝思暮想去航海，
越过重洋飘大海，
但海风使我忧，
波浪使我愁。
啊……
我多恼故乡其水流溅溅。

我不知道这是一首谁作曲、谁作词、谁翻译的歌。这歌词显然翻译得古老而且生硬，但这首歌曾经使我多么感动啊。

　　新中国刚成立后，我看过一部描写知识分子思想改造的长篇小说《动荡的十年》，小说结尾是改造了十年的主人公在听到这首歌的时候又蓦然心动了……这证明，他需要改造的东西还多着呢。

　　多有趣，这证明，这首歌确是有力量的呢。

　　上小学的时候，有一次劳作课的作业是叠一只纸船，我叠了又叠，越想叠好就越叠不好。那船就像江南的小木船，两边各有一个篷子，为了遮雨。不知是不是鲁迅先生描写过的乌篷船。我终于没有完成我的纸船，我急出了眼泪，眼巴巴看着同学们一个个以自制的船只乘风破浪地出航，而我却造不出一只船来。

　　仿佛后来有一位长辈送给过我一艘高级的玩具船。船身是金属做的，漆着彩漆，用火柴把船的"发动机"点着，船就能够航行啦。

　　我端来一大瓦盆水，我的兴奋的心情如哥伦布将要驶往新大陆或麦哲伦将要启航绕地球一周。"发动机"终于点着了，突突突的响声持续了五秒钟，船"航行"了五厘米，噗地一响，机器坏了，从此，它便成了一艘失去了动力、不能动、连打转也不能的死船。哥伦布与麦哲伦的伟大的梦破灭了。

后来船就不见了，锈了？坏了？扔了？丢了？我记不清。

终于，我也记不清究竟这儿时的伟大航行的悲哀的故事是实有其事、还是出自自己的虚构了。写小说的人也是报应，老是虚构一个一个的故事去赚取（就不说是"骗取"了吧）读者的眼泪与笑容。最后，说不定糊里糊涂地自己虚构起自己的事来了。

到新中国成立以后，到我"出事情"以前，我的船是北海与什刹海的小游艇。我和我所"领导"的共青团员们常常在那里过团日，划船。我觉得我划船的技术很不错，可以转硬弯，可以两手同时划，两手交错划，可以两只桨划一个方向，也可以划相反方向。

去过南方的同志讥笑北海的游船是"瓜皮小艇"，我听了很不服气。瓜皮小艇又怎么样呢，我们想着全中国，想着世界革命。

我的歌声飞过海洋，

爱人啊你别悲伤，

国家派我们到大海上，

要掀起惊天风浪。

这是一首苏联歌，共青团员们爱唱的。我们不再唱"海风使我忧，波浪使我愁"了，我们是将要掀起惊天巨浪的一代。

后来瓜皮小艇翻了船，果然只不过是瓜皮小艇。后来我来到了瀚海。沙漠之船的称号也是有的，那是指骆驼。新中国的瀚海里不仅有骆驼，也有牛车、马车、火车、汽车。不仅火车是可以连夜移动的，在新疆，汽车也有时连夜开，开到午夜两点半钟，司机累极了，便跳下汽车，躺在沙石戈壁上，摊开四肢，睡到天发亮，再开。当然，那是夏天。我乘过这样的车，如船在瀚海上漂游。

直到20世纪80年代，我才和海上的、河上的，也包括陆上的（车）和天上的（飞机）船们结下了不解之缘。那时候，我们中华人民共和国这条大船，已经行驶在新的广阔得多也平稳坦荡得多的航道上了。

最难忘的是南海之旅，救生艇、运输艇、炮艇、猎潜艇和鱼雷快艇，我们和海军同志一起站立在指挥台上，高唱着刘邦的《大风歌》，劈开紫缎一样闪闪发光的南海海面，在海鸥和飞鱼的包围之中，在迎风招展的八一军旗的感召之下，环绕着南海与西沙诸岛，进行了一次又一次的航行。晕船要什么紧？呕吐要什么紧？大风大浪船艇摇荡四十五度要什么紧？那才是爱国男儿的滚烫的生命之船，热血之船，乘风破浪的必胜之船。人站在这样的船上，全中国装在这样船上的人的心里。

晚一点了么？在我将近50岁的时候，我开始懂得了不像梦幻中的船那样脆弱、不像公园里的船那样旖旎和小巧、不像沙漠里的船那样拙笨和缓慢的另外一种船，巨大、坚强、英勇，踏长风、奔大海，勇敢而又沉着地前进。

而今天，是在长江的航船上。雨后初晴，春意如酒，桃红柳绿，阡陌纵横，鸥鸟飞翔，清风振荡。船上平稳、舒适、安详，这是一首成熟了的江轮进行曲。老船工告诉我，他在江轮上做工已经四十五年。

但发动机是不敢懈怠的，发动机一刻不停地、激动地、细听起来有时甚至是愤怒地工作着，掌船的人又是那么谨慎而老练，他们带动着全船向前。

第四章

幸福生活

人生要
有所珍视
和眷恋

年轻的人，正当年华的人，充满青春活力的革命的人，简直是泡在幸福的海洋里，行进在幸福的山谷中，你只需要去拥抱，去迎接，去呼吸。

一个甘于沉默的人

"要甘于沉默。"这位高个子、黑面孔、眼窝深陷，有一种既操劳过度又精神十足的神气的作家，用低沉的声音，对我缓缓地说。

在我的一生中，得到这样的劝告，这是唯一的一次。谁都知道作家往往是最不甘于沉默的人、最耐不得寂寞的人，他们总是要叫，要笑，要唱，要长太息以掩涕。他们最大的希望就是发出自己的声音，哪怕那声音不像夜莺而像叫驴也罢。

但是他在1963年这样地劝我了，因为他当时和我一样，都在噤声五年以后，在重新得到了发出自己的声音的一点点机会以后，又感到了山雨欲来风满楼的气氛。全国的文艺刊物彼此之间十分默契，1962年"放"了一阵，1963年就收上了，直收到1966年，连自己也被收进去了，落了个白茫茫大地真干净的局面，卫生，不传染。

"让咱们沉默，咱们就沉默吧。"他的潜台词里包含着这么一句，他是很听话，很驯顺的，从无二心。"不要因为不甘寂寞而做出下贱事来。"也许，更重要的是这一层意思。"文革"中，不甘寂寞的文人丢了多少丑啊！如果他们有这种"甘于沉默"的精神，情况不是会好得多吗？"多做些默默无闻的事情吧！"也许，"甘于沉默"四个字还含着这样一种积极的意向呢。不是么，他"沉默"着，却发现了又帮助了那么多作家，使那么多作家得以引吭高歌，声震云霄！

我碰到的第一个编辑就是他。那时候我刚满20岁，把自己的处女作《青春万岁》的初稿送到了中国青年出版社，有时候我走过东四十二条出版社的门口，看到一些戴着深度眼镜、微驼着背、斯斯文文、说话带南方口音而且满嘴的"题材"呀、"提炼"呀、"主线"呀、"冲突"呀的编辑，我是怀有一种敬畏之感的。终于，这个出版社的文艺编辑室的负责人接见了我，那就是他。当我知道这位吴小武同志就是鼎鼎大名的受过批判的萧也牧的时候，我却产生了一种对他的怜悯之感。新中国成立初期，我读过他的《我们夫妇之间》，读得蛮有兴趣，后来不知道怎么就批上了，罪名大概是小资产阶级倾向之类。（天知道这篇小说到底有什么倾向问题！）从此，他就沉默了。到1955年我在萧殷同志家里第一次与他见面时，已经有好几年没有见过他的作品了。一个作家而多年失去了发表作品的权利，其可怜与可悲，即使幼稚如当时的我，也是完全明白的。

我现在完全想不起我们谈话的具体内容了。但我记得，他是用一种深知个中甘苦的、带几分悲凉的口气来谈创作的，他不但懂得创作的技巧，他更理解创作的心理、作者的心理。他深知写作的艰难，他好像多次用过"磨"这个词。1962年我们重逢的时候（当然，那时用不着我可怜他了，彼此彼此），他说过："我只能业余时间写一点，我是搞不成长篇了，一部长篇就磨白了头发。"他的话带着一种苦味儿，谈起创作来他很激动，有时用手势加强语气，他的这种劲头让我感到了他对创作这一门该死的劳动的神往。他向往创作，这是肯定的。尽管创作给他带来了灾难、不幸、死亡……有哪一只鸟不向往天空，哪一条鱼不向往大海呢？

1956年，我在北京一个工厂做共青团的工作。那个工厂的青年文学爱好者，请他去一起座谈了一次，此事我事先毫不知晓，当时我也不在场。但后来党委宣传部的一位负责同志（一位很质朴的好同志）却很紧张，说："怎么咱们都不知道，他们就请来了萧也牧！萧也牧是被批判过的，对党是不满的，怎么请来了这样的人？"呜呼，因为他是被批判过的，所以他是对党不满的；因为他是对党不满的，所以应该对他进行批判。这种天才的、颠扑不破的、天衣无缝的逻辑有多么荒谬，多么愚蠢，多么残酷又是多么混账！这种逻辑或许至今还有市场的吧？

1962年，他曾把他的小说《大爹》的构思讲给我听，谈的时候他的两眼放着光，但他整个人仍然沉浸在一种凝重、晦气的色调里。他的脸上总有一种"苦相"，有一种生理的痛楚的表情。他好像越来越知道写小说是一件"凶事"，而他又遏制不住自己。不久，他就提出"甘于沉默"的口号了，显然，他已经预感到了一点东西，老关节炎对天气总是敏感的。1963年，我去新疆前夕，他到我家表示惜别，我留他吃饺子。第二天，他要了出版社的车把我们全家送到火车站，然后是站台上的挥手，离去。

从此大家都沉默了，中国也沉默了，只有八个样板戏的锣鼓渲染着大好形势。直到1978年，我应中国青年出版社之约又来到北京，见到出版社的黄伊同志，才知道也牧同志已经长眠地下好久了。后来，我听一个当时在团中央干校的同志告诉我，也牧同志死得很惨。

中国文人的不幸遭遇确实很多。但新中国成立以后的党员作家命如此之"苦"，如萧也牧者，却也不多。粉碎"四人帮"以后，他本来可以呐喊、可以高歌了，然而，他已不在了——他永远地沉默了。也许，他还有许多话希望健在的同志替他说一说吧！

谁知道自己母亲的痛苦？

谁知道自己母亲的痛苦？这是我的一篇小小散文的题目，是唯一的一篇写母亲的文字。

一天早晨我偶然读到湖南新锐龚曙光的《母亲往事》，说到他的母亲当年的聪明、好学、善唱、书写、活跃，同时她决然叛逆自己出身有污点和血迹的家庭，却永远没有逃得出去，她离开了旧有的码头，却永远驰不进"理想中的新港湾"。更妙的是，龚曙光写道："说起这些往事，母亲更多是淡淡地说，'我都不记得了'。"他的"母亲"后来长期生活在一个叫作"梦溪"的小镇，那里的百姓习惯于将据说的大是大非之争"演绎成胜王败寇的江湖恩仇""混淆成善恶报应的因果轮回""政治风暴来袭……但深植的人伦根须难为所动，惯性的生活节律难为所变……从未有幸置身事外，也从未不幸置身事中。风暴依然，生活依旧"。

　　相信读者已经与我一起击掌叫绝了。而"母亲"的生活与命运就这样消磨尽了少女的光芒：她曾经痛切地"要求进步"，她老了也仍然在认真读书报、整理文字与学习材料，她甚至退休以后还问过别人申请入党的事。同时，她波澜不惊，牢骚绝无，安分守常，走向衰老：高考因政审而未被录取，没有言语，工作中屡屡被贬，没有言语，"运动"中不无狼狈，没有言语。一辈子不言不语，任劳任怨。她比我母亲还无语，虽然她的年龄比我母亲小20多岁。

　　只有给家人做起饭来，她显得比较现代，因为，她每周在家公布食谱。

　　龚曙光的散文集题名是《日子疯长》，这个书名也极其不俗，极其痛苦，日子疯长，一事无成，几辈子了，我们仍然拿不准自个母亲的痛苦，也还没有怎么想过帮助母亲。

朋友没有绝对的

　　一些自命不凡的人，自命伟大或自命清高的人，交友也很难。他们心比天高，对别人非常严酷，有一种以我画线的味道。

　　我却认为对于知己不必要求得那么苛刻，非得莫逆、默契、心相印心重叠不可。人与人不可能是完全一致的，朋友之间没有永远的与绝对的相互保持一致的义务，永远的与绝对的一致，夫妻父子之间也难于做到。而且各人的处境不同，不可能事事一致。其实保持一致云云，已经包含了不尽一致的意思，绝对的一致，是用不着费力保持的。比如有一些自己可以不予理睬的恶人，但是自己的朋友恰恰在此人的手下供职，就不能与你采取同样的置若罔闻的态度。你的朋友也许还要虚与委蛇，你的朋友不敢得罪你心目中的极不好的家伙。你怎么办？因而与你的朋友断交吗（那只能证明你是一个法西斯主义者）？还是抱一个谅解的态度呢？世上有许多事，心中有数是可以的，锱铢必较却是不可取的。那种一句话不投机就割席绝交的故事总是令我难以接受。

对于一个人一件事一个观点的看法与做法也许你的某个朋友与你不一致，但是还有别的大量的人大量的事大量的观点呢，也许在更广阔得多的领域你们有着合作至少是交流的可能，为什么要采取一种极端的态度，把自己的圈子搞得愈来愈小呢？再说那种要求别人是朋友就得永远忠于自己，只能从一而终的做法，是不是暴露了某些黑手党的习气，而太缺乏现代的民主的理性的客观的与容忍的人生态度了呢？

再想一想，你的朋友都是忠于你的人，那是朋友还是你经营的小集团呢？你的朋友都是永远同意你、赞成你、歌颂你、紧跟你的人，你在他们中间听到的只有是是是、好好好、对对对，英明啊正确呀太棒啦妙极啦的一套，你什么时候能听到逆耳的忠言，能听到不愉快的真实，能得知自己的失误与外界对自己的不良反应，能得到全面的与客观的信息反馈呢？那不是自己把自己封闭起来了吗？世上最可笑复可悲的莫过于拼凑一个小圈子，关起门来互相吹捧、同仇敌忾，诉苦喊冤、捶胸顿足，直到哭哭啼啼地自封伟大正确的闹剧了。这样的人自己被自己闹昏了头，弄假成真，真以为自己是真理的化身正确的代表历史的中流砥柱了，这不跟吃错了药一样难办吗？

还有，你能百分之百地保证你的一切选择都是最最正确而且是千年不变的吗？如果你对某人某事某理论某学派的态度与处置并非足金成色，如果你的对待本身就留下了可争议之处，如果你很正确很伟大但是随着时间的逝去情势的变化你的做法不无需要调整出新之处，就是说你也像众人一样有需要与时俱进之处，那么那些与你在此人此事此观点上不甚一致的朋友，不正是你的最合适的帮手吗？相反，如果你一上来就把事做绝把话说绝把与自己意见或做法不尽一致的人"灭绝"，你将使自己处于何等困难的境地！

友谊不是绝对的，友谊不承担法律义务也不受法律保护，真正的友谊不需要也不喜欢指天发誓、结拜金兰，更不需要推出一个首领大家为他卖命，更可厌的是搞那套有福同享有难同当利益的共同体。那是黑社会的一人得道鸡犬升天的把戏。有些人就是喜欢搞这一套，所谓要有自己的人，结果呢成也圈子败也圈子，"自己人"不断地向你伸手要好处，你变得名誉扫地司马昭之心路人皆知，最后变成过街老鼠臭名昭著，你还觉得冤枉呢，你说可笑不可笑！君子之交淡如水，古人的这一总结很有深刻意义，我的外祖母不识字，不知所据何来，她每逢讲到"淡如水"时还要补充一句"小人之交甜如蜜"。

随感三则

一

几年前我在一篇小说里，给一个非正面人物设计了一句戏言：中国的悲剧在于九百九十九个无所事事的人向一个忙得不可开交的人要时间。一位青年作家读后向我称道不止，说是太精彩了。

看来，忙与闲确是一对矛盾。忙闲不均，确是一个问题。

一个十分忙碌的人有时疏忽了礼貌，丧失了应有的人情味，没有保持永恒的微笑，忽略了正在热切地向自己走来的、向自己伸出友谊之手来的亲人问好，忘记了应有的人际关系中的铺垫和润滑，得罪了善良的有赖于自己的人，脱离了"群众"，落得个一阔脸就变——其实是忙得面部肌肉松弛不下来——的讥嘲。

而不忙的人含情脉脉，盯住了忙者。或者含怨依依，诅咒着忙者。而且是那样易于敏感到自己是受到了忙者的冷淡与侮辱。

什么时候，大家都能忙起来呢？那也就差不多是"四个现代化"实现之日了吧？

二

道听途说，粗枝大叶，添油加醋，猜测估摸想当然，唠唠叨叨，居然也就可以写文章。居然也就可以大发议论。这确也令人叹服。

例如一年前有一篇文章反对任命干部以前先透气吹风的做法，姑不论这一反是否反得有道理，文章举的例子竟是某某人在就任部长前发表了一篇文章，暗示自己要担任此职了。

只能说这种举例是活见鬼，白昼说梦。连个影儿、连个边儿都不沾。是杜撰？是想象？是张冠李戴？是根本没弄清任何有关事实？可怎么就洋洋洒洒地论上了呢？

可也说的是，他如果不这样做论，还靠什么混饭吃呢？

三

一位同行兴奋之中对我说："你信不信，由我来采访你，写描写你的文章，我绝对不捏造什么，不添加什么，我可以把你写成一个英雄，也可以把你写成一个庸人，还可以把你写成一个坏蛋。"

我吓了一大跳。

他解释说："你想想，你活了几十年了，一年做一件好事，加起来就是几十件好事，我略施小计，集中渲染一番，你的形象不就'上'去了吗？反过来说……"

我出了一身冷汗。

奇葩的故事

这几年我写回忆录，写政论文论，写老庄孔孟与《红楼梦》研究评点。叫作"青春作赋，皓首穷经"。当年萧军说过，写小说就像娶媳妇，是青年人的事。

还有，中国的小说是对着"大说"来命名的，庄子说："饰小说以干县令，其近道也，难矣哉。"小说来自茶馆酒肆，引车卖浆之人，茶余酒后，道听途说，犹如今天的八卦、段子、狗肉包子，上不得台盘，不是高大上。

英语里的小说fiction，则强调它是虚构的文学作品。巴尔扎克的说法，"小说是庄严的说谎"。它并无卑微、低下、渺小的含义。中国从来看得起散文诗歌，看不起小说、戏曲。有一年，几个评论家大批小说题材写得太小，说是净写小男小女、小猫小狗、小花小草……了，不免令人叹小说之并非"大说"也。

把小说写得很大很大的也是有的，巴尔扎克、托尔斯泰、雨果、狄更斯就写得大气凛然，而曹雪芹则写得大亦小矣小犹大，无为有处有还无。

年事已高也罢，不一样的"大说"，写得再多，发行得再多，对于俺，仍然不尽兴，仍然太憋屈，仍然对不起读者也对不起自己。

还是写小说更文学，更想象，更自由，更多情，更个性，更心如涌泉、意如飘风，更灵活，更留下了创造、理解、叹息、猜测、推敲、落泪、戏谑、惊奇、发挥、赞美，形而下与形而上、更真实的虚构与虚构的真实、更内里的深邃与更鲜明的直观，还有懂与不懂、看得下去与看不下去、五体投地与气急败坏、竖大拇指与评头论足的空间。

有一位写作同行说，一件事想得清楚就写文章，想不清楚就写小说。说得挺逗，其实挺深。

小说其实有更大的容量，更多的手段，更微妙的过程，更弹性的点化与更性情的开放。当然。

小说也可能有更多得多的世俗、低俗、伎俩、套子、魔术戏法、哗众取宠、娱乐消费，同样毫无疑问。能把小说写得高人一等，写出人生真味，也就更不容易。

谈老庄孔孟你得时时受老庄孔孟的辖制。政论文论你得掂量分析形势政策精神。诗您得尊重形式、语言、音韵、节奏。散文您刚发挥，就该收官了，至少我认为，散文您别瞎编。而报告文学的虚构就更不道德。散文与读者之间不存在小说与读者间的那种允许虚构的默契。

小说对你来说，它的精神活动的领域是无垠的。十八般兵器——写小说而不是写别的体裁，都用得上，都远远不够用。

感谢上苍，80多岁了还能写出情思机敏灵感自觉充盈的中短篇小说：边写边自我陶醉，还能满天云霞，遍地奇葩，满屏幕的笑靥与泪迹，还有逗哏的包袱与催泪的感觉，还有形象大于思维的说不清道不明的余地。

还有那么多问号、惊叹号、删节号、括弧与引号……暂时还不是句号呢。

去年国庆节假期的一个大风天，从东南门去到与我的青年时代密切相关联的颐和园。六十二年前，当我动笔《青春万岁》的时候，十九岁的小王蒙就那么钟情于颐和园了，那时候还没有见过黄河长江，泰山昆仑，更不要说大西洋与阿尔卑斯山了。

东南门进去就是十七孔桥。看着波涛汹涌，石桥山丘，长廊庭院，漫天落叶，回首往事，若有所思。因为我刚刚接到了一个老友的电话，两三年我们通一次电话，电话的时机与电话里讲的内容完全无厘头。我们都老了。"我们都老了"几个字让我十分感动。这句话最早打动我是看曹禺的话剧《雷雨》，侍萍辨认出她女儿打工的这一家的主人竟是周朴园的时候，她这样说。

一回来写了短篇小说《仇仇》，把大风中的十七孔桥与老友的电话联结起来了。生活中的ABCD，本来是无厘头无关联的，但是某种情绪弥漫开来，就出现了小说的冲动，而且是深深的感动。小说家有时候像魔术师一样，从空中抓来了一只鸟，两副扑克牌，然后从大衣下面端出一玻璃缸金鱼。

于是捕捉土洋男女、城乡老少、高低贵贱的林林总总。弃我去者，昨日沧桑不可留，慰我心者，今日故事何烦忧，长风万里送秋叶，对此可以讲春秋！从抗日的儿童团红缨枪，一直讲到了德国的胡苏姆与奥地利的咖啡馆。你能不享受吗？

意犹未尽，写了另一个短篇小说《我愿乘风登上蓝色的月亮》，这个故事已经贮存了三年，这个故事与施托姆著、郭沫若译的《茵梦湖》没有一毛钱的关系。但是《仇仇》扯出了《茵梦湖》与《勿忘我》，她们又生出了新的当下罗曼斯。

紧紧接着的第二篇小说感慨了入山出山、清浊沧桑、萍水相逢、永远惦记。却原来，小说是惦记也是祝福，是叹息也是顿足，是不能说，不好说，想说，干脆不想说的那么多，那么多。多情最是小说笔，枉为人间泪千行！

进入新年，说的是2015年，一发而不可收，再写了近五万字的中篇小说《奇葩奇葩处处哀》，抒写了一个男子，尤其是与之有缘的六个奇女子。

如果说写前两个短篇时候我时而还沉浸在虚实相间、感觉印象、文字跳舞的《闷与狂》式微妙里，那么新中篇我一下子开放给了俗世。我早就积累了这方面素材：老年丧偶，好心人关心介绍，谈情论友，谈婚论嫁，形形色色，可叹可爱可哭。久久不想写，是因为太容易写成家长里短肥皂剧。俺不是那种写手也！

一旦敲键，就一点也不肥皂了。素材一开始，不无喜剧因素，颇有奇异的幽默感。这把年纪，已经可以叫作"落在时代后边"了，尤其落在当今女性的心思后边。本来无门径，书写便相知！一旦敲响了电脑键盘，一些荒谬，一些世俗，一些呆痴，一些缘木求鱼南辕北辙直至匪夷所思，一些俗意盎然的情节，随着小说的材、文学的手、悲悯的心，立马不再仅仅是泡沫，不再仅仅是卑微，不再仅仅是奇闻八卦家长里短，而是无限的人生命运的叹息，无数的悲欢离合的撩拨，无数的失望与希望的变奏，无数的自有其理的常态与变态，温馨与寂寞，手段与挣扎，尤其是女性彩图，以及青中老的过渡，生老病死的忧伤，爱情的缤纷色彩与一往情深，还有永远的善良万岁。我且写且加深，触动了空间、时间、性别三元素的纠结激荡，旋转开了个人、历史、命运的万花筒。

何况还有正在飞速地变化着、瓦解着、形成着、晒晾着与寻觅着的众生风景，载汝以形，苦汝以生，激荡与凝结汝以老，总结升华完成敬礼汝以死。能不拍案惊奇，太息掩涕？

俗人亦有雅念。搞笑不无哀怨。吃惊更生难舍。敲键奏响新曲。为奇葩立传，为男女尤其是女一恸，为生民抒情怀，写尽人生百态，其乐何如！长着一双俗眼，看到的只能是鸡毛蒜皮、洋相丑态。其实，没等着你发歪判决，你已经受到人家的审判。你的眼光清明了些，你注意了茅屋土炕、人间烟火、爱憎情仇、悲欢离合。进一步，你描述了生活的高高低低、坑坑洼洼、苦苦甜甜。再攀缘一番，发现了你我他她，主要是她们的不同凡响、风情万种、灵秀千般、心曲可通、伎俩可恕。你透露了天机，勾画了世态，靠拢了透彻与包容，学会了宽恕与理解，展示了新鲜与发见。你充满了大觉悟与大悲悯。

两个短篇，一个中篇，耄耋之年同时写就，2015年春天同时发表。三篇小说新作、三个男人与他们目光中八个罕见的奇葩女子。这究竟是耄耋还是"冒泡儿"呢？吟道："皓首穷经经更明，青春作赋赋犹浓。"还有："忧患春秋心浩渺，情思未减少年时！"春天，赶得恁巧，三篇新作同时在京沪三个刊物都是第四期上与读者见面，俺年富力强时也没这样的纪录喏！能不于心戚戚？于意洋洋？于文哒哒？于思邈邈？

幸福生活

　　小的时候，和妈妈在一起，和爷爷奶奶在一起，生病也是一种娇纵，一种补偿，一种享受。

　　幸福和爱情包围着每一个人，年幼的人将会得到，年老的人可以补上；年幼的人快乐成长，年老的人补度青春。而年轻的人，正当年华的人，充满青春活力的革命的人，简直是泡在幸福的海洋里，行进在幸福的山谷中，你只需要去拥抱，去迎接，去呼吸。幸福就像泥石流，幸福就像瀑布，从天而泻，滚滚而来，大珠小珠，美不胜收……

　　世间的一男一女，一夫一妇，小两口连理比翼，结为夫妻，竟是这样好，这样美满。这真是生命中最最不可言状的幸福，最最属于生命自身的喜悦。只有在结婚以后，男人才真正成为男人，女人才真正成为女人，他们的生命在拥抱交流、融为一体之后，才变得温暖、光亮、满足、美丽。而这种温暖和美丽又是怎样的电光石火一般转瞬即逝！

哦，几十年以后，当他们步入中年、步入老年以后，他们会不会发现，对于已经失去了或者正在失去幸福以及已经不在意幸福还是不幸福的人来说，幸福，也像童年、天真、纯情、梦想一样，也许压根儿就有点做作呢！

幸福正像健康，只有在失去了以后才觉悟到它的可贵。幸福就像一件薄胎彩绘瓷瓶，惊人的美丽和脆弱，那么容易失手就把它打碎从而失去它。

考验，痛苦，启示，进步；再考验，再痛苦，再启示，再进步。这就是苦难的历程，这就是心灵史，这就是生活的意义，这就是幸福。

我真心以为，有了中国式的伦理观念与义务感，才能有家庭的幸福。

人生下来就需要幸福，就像鸟儿需要天空、草儿需要太阳、鱼儿需要大海。

人生要
有所珍视
和眷恋

生活在温煦、芬芳的祖国的地面上是多么奇妙啊！生活在正直、善良、各有一个灵魂的人们当中是多么奇妙啊！

幸福的日子就像平原上运行的平稳的车，你不知不觉，你还以为你是处在一种静止的、不变的、本来如此的状态之中呢，其实，你正乘着"时间"这辆车飞快地运行。

并不是每一代人都能赶得上这样火红的岁月：幸福从他们的眼角里嘴角边微笑中泪花中和喉咙里溢出来。

幸福原来是那样平凡。

想想自己在世界上有高高兴兴地吃饭的可能，就够让人快活的了。

幸福是什么，是伟大的终极？是意识形态的规范？是超人的形而上？是乖张的怪癖与疯狂的想象？是童话？是梦？是先觉者的抛头颅洒热血？是强者的蓬勃？是智者的诀窍？还是道德家的沽名钓誉的至善？都是，这些都是。

幸福就是对于历史规律的掌握，高尚就是按照历史规律的要求作出自己最好的贡献。那么改造思想呢？归根结底，改造思想就是使自己的头脑符合历史的客观规律。因此，改造才能幸福，改造才能高尚。

秋天是收获的季节，是辛苦的季节，也是幸福的季节。

生活里那些不同的脸

生活不是单一的，情绪也不是单一的。欢乐和痛苦，压抑和奋争，胜利和挫折，常常交织在一起。

喜悦，是一种智慧，一种超拔，一种悲天悯人的宽容和理解，一种饱经沧桑的充实和自信，一种光明的理性，一种坚定的成熟，一种战胜了烦恼和庸俗的清明澄澈。它是一潭清水，它是一抹朝霞，它是无边的平原，它是沉默的地平线。它是翅膀，是归巢。它是一杯美酒，是一朵永开不败的莲花。

高兴，这是一种具体的，被看得到摸得着的事物所唤起的情绪，它是心理的，更是生理的，它是容易来也容易去的，谁也不应该对它视而不见，失之交臂，谁也不应该总是做那些使自己不高兴也使别人不高兴的事。让我们说一件最容易做也最令人高兴的事吧，尊重你自己，也尊重别人，这是每个人的权利，我还要说，这也是每个人的义务。

欢欣，这是一种青春、诗意的情感，它来自面向未来伸开双臂奔跑的冲力，它是一种轻松而又神秘、朦胧而又弥漫着隐秘的激动，它是激情即将到来的预兆，又是大雨以后比下雨还要美妙得多也远久得多的回味……笑也是一种生命力。

快乐，这是一种富有概括性的生存、生活状态，它几乎是先验的，它来自生命本身的活力，来自宇宙、地球和人间的吸引，它是世界丰富、绚丽、阔大、悠久的体现。快乐是一种力量，是埋在地下的根脉。消灭掉一个人的快乐比挖掉一棵大树的根要难得多。

善良与爱心便是健全人格的重要表现。而恶的泛滥，多半是一种病态、变态，是一种不健康，是一种既折磨自身也扰乱旁人扰乱社会的疾患，是一种病变细胞。

一个人能承认自己精神上有某些毛病，这说明他的病正在好转，有了大好转，因为自省与自我批判乃是健康心理的一个重要标志。

身心健康的时候，容易做出正确的选择，比较有效率，做任何事情都容易到位，尤其是能看到自己的失误并随时加以调整。

健康是生命本身的最自然最本初的状态和趋向，一株草，一只鸟，一条鱼，都要求自身的健康而不是病态，不是歪曲，不是过早地破灭。

心理健康的标准，第一是基本的善良，第二是明朗，第三是理性与自我控制。

痴人多烦恼，妄人多烦恼，野心家多烦恼。

完全没有理想是可悲的，但要执着于某种先天就带有缺陷，至少是比较幼稚的理想，然后变得偏执，甚至把理想当成一种自我欣赏，一种自恋，一种膨胀以致疯狂，那就会产生更可怕的后果。

对寂寞的敏感有时也许是一种软弱。

对父母尽心最满足，给孩子服务最甘甜，给老伴尽心最福气，给朋友帮忙最得意。

珍惜你有生之年的每一天、每一刻、每一事，每一次说话的机会、工作的机会、流汗的机会。

文以清心。

多一点清明的理性，少一点斗狠使气；多一点雍容大度，少一点斤斤计较；多一点趣味和轻松，少一点亡命习气。

善良是一种智慧，一种远见，一种自信，一种精神力量，一种精神的平安，一种以逸待劳的沉稳，一种文化，一种快乐，一种乐观。

善良的力量就在于它是人的。它属于人，它属于历史属于文明属于理性属于科学。它属于更文明更高尚更发展良好的人。它属于更文明更民主更富强的社会。

小孩子是最善良的，真正参透了人生与世界的强大的人也是善良的，而一瓶子不满半瓶子晃荡的人最不善良。

凶恶是无所不为的，因而凶恶拥有各种各样的武器。而善良是有所不为的，善良的武器比凶恶少得多。善良常常败在凶恶手下。

凶恶每战胜一次善良就把自己压缩一次，因为它宣告了自己的丑恶。善良每打败凶恶一次，就把自己弘扬一次，因为它宣扬了自己的光明。

说真话的风波

我以为后人很难理解发生在近些年的有关说真话的风波。

巴金老人一再地、不遗余力地、苦口婆心地提倡说真话。他的提倡充满了苦味。

然而，一家无人问津的小报却要批倒说真话这个命题。他们的论据是：真话不等于真理。

真是聪明得拐了弯，真话不等于真理，诚然。那么假话等于真理或是假话比真话更接近真理吗？

如同说健康不等于获得了金牌。很好，病人还用得着考虑奥林匹克上的名次问题吗？

真话的对立面是谎言，不是真理或非真理。健康的对立面是疾病，不是第一名还是第二名。

何必那么怕真话二字。各种文件上不是也规定着对党员与干部的首要要求是"如实反映情况"——即说真话么？

萧乾老回忆当年反胡风运动中，书生吕荧因为说了一句真话就被制止然后被一直"揪到监狱里去"的事实以后，沉痛地表示："……活生生的事例使我对说真话做了那样的保留。但我认为坚决不能说假话。能保住这一点，有时也需要极大的勇气，甚至也得准备做出一定的牺牲。"

多么沉痛的话语！称得上是字字血声声泪了。回想政治运动的那些年，我们怎么能不与萧老共鸣呢？

一位颇有黑马流风的后生出来大批萧乾。说他这是自欺欺人，说沉默意味着默认、赞同、助长邪恶。说中国作家太聪明了，并说只有不这样聪明了，才能使中国文学与国际接轨。

中国作家确实不算不聪明。他们曾经是在什么样的人文环境下工作和生活的，人们并不生疏。想一想近百年来为了社会进步和国家发展而死难的作家吧，想一想包括萧乾在内的一大批作家所付出的代价吧，我们就会知道一个相对允许多说一些真话的环境是如何来之不易。我们应该正视、尊重和感谢老一辈作家为说真话而做出的牺牲，珍惜来之不易的成果，尤其是防止那种产生胡风与吕荧的故事、产生张志新与遇罗克的悲剧的态势的重新出现。

但是我们的小后生却把萧乾作为他的靶子。依他的逻辑是萧乾助长了邪恶！莫非是萧乾应该对胡风错案负责？

真是叫人听着舒服！萧乾不是念念不忘那不正常的年代么？他说的关于真话并非随时可说、不说假话也殊不易的话，听起来是多么刺耳！这回可好了，你怎么不站出来说真话？如果大家都说真话，不就没有胡风错案了么？真正的邪恶与邪恶的帮凶们，听到后生的话该是多么熨帖呀？

多么天真无邪！站出来说真话的有多少人呢？你会听到些什么样的话呢？你是世事不谙的小孩子么？是做梦么？

不。如果十亿人都出来说不，都说应该防止阶级斗争扩大化和立即转移工作重点进行现代化建设……那就天下太平，莺歌燕舞，温馨和悦，光辉灿烂——与国际接轨了。

是的，如果当年南京的三十万人都无私无畏，英勇壮烈，日军根本不可能屠杀我们的那么多同胞。如果欧洲人个个无私无畏，敢于用胸膛去撞钝撞断法西斯德军的刺刀，那么就没有第二次世界大战了。

也许张志新有权要求我们做这样的反思。也许我们尽可以忏悔我们自己还有不够坚强的地方。但是我们不会丧失现实感，我们不会认为空口白话地"如果"一下就足够扭转乾坤。知识分子中也有卑鄙的人，看风使舵、投机取巧的人，为虎作伥的人，卖友求荣的人，陷人入罪的人，例如姚文元一类。我们不会看不到真正的责任，包括历史的局限性的责任与真正的助长邪恶的帮凶者即棍子们的责任。我们不会反而去责备诚实而且正直的萧乾们。

也许我们的后生是一个张志新式的壮士，正在与邪恶势力作必死的斗争？故而对一切人都是高标准严要求大义凛然泰山压顶？

却又不像。他的理想竟是与国际接轨。多么流俗，多么含混！

于是乃有怀疑，他的所谓神圣、原则、道义，究竟是什么呢？他对反击力最小的萧乾们的攻击和对真正的应该对不正常的

134

人生要
有所珍视
和眷恋

事态负责的人的开脱，仅仅是"如果所有的人都像吕荧一样"的浪漫主义幻想造成的么？

如果不是浪漫主义，而是实用主义呢？

那么，他说的算不算真话呢？

茶魂与茶韵

小时候不懂得喝茶，甚至以为喝茶是一种奢侈浪费，说明我那时的生活水准够惨的。

但我有一个家境较好的小学同学，我在他家喝过龙井，龙井的涩味尤令我受用，世上怎么有这样好的感觉？

应该是1954年以后吧，供给制改成了薪金制，我开始喝北京人爱喝的茉莉花茶，可喝可不喝，并未进入角色。

到了1958年了，下乡劳动，不准在供销社购买一切糕点食品，只开放两样，白糖与茶。那时的一级茉莉花茶，每一纸袋七角钱多一点。我乃极其珍贵地购买之饮用之，有时还放上白糖喝甜的，与欧洲和阿拉伯世界风习暗合。我体会到了香与味，体会到了一种慰安。与其说是一种兴奋作用，不如说是一种调理作用：处境恶劣也罢，食不果腹也罢，劳动繁重也罢，孤独想家也罢，喝一杯一级花茶，总算找到了一点舒适，一点清澈，一点遐想，一点并非完全糟透了的尚好的感觉。说得严重一点，似乎从微甜的或免糖的茶水中保留了自己的一点优越和尊严，我毕竟是一个买得起茶、品得出茶味也还保留着饮茶的自由自在与慧根的天之骄子。我没有理由沮丧悲观。

在20世纪50年代末60年代初的逆境中，我始终保留着一个难得的享受，休息日与妻到北海公园前门附近的茶座泡上一壶茶，要一点瓜子之类的小食品，且饮且聊，自我安慰，自我鼓舞，互相交流，互相劝勉。有此一乐，当能承担百苦。茶是我厄运中的天使，茶是我病痛灾难中的一点杨枝净水，茶是我半生多事中的一点平安、稀释与单纯。

在新疆，我学会了喝砖茶特别是奶茶。砖茶的品种也很多，不发酵的称为青茶，多出自江西。发过酵的称之为茯茶，维吾尔人称之为黑茶，出自湖南。还有一种香味比较刺激的叫米星茶，产地忘了。维吾尔人喜用的是茯茶，或稍稍一煮，喝清茶，发音是"森茶叶"，与日语的清茶或青茶发音一致。奶茶则是在熬好的茯茶上加上奶皮与部分鲜奶，加盐。这些茶至今我仍然时有饮用，它含的单宁似较多，助消化作用明显。每年春节假日，鸡鸭鱼肉吃得较多时，我就大喝这种新疆风味的茶。我至今记得维吾尔农民向我提的问题，茶是哪里产的？答曰：内地，主要是南方。内地怎么会有这么好的东西？茶怎么这么好喝？茶的存在感动了边疆兄弟民族，茶是中原的一个亮点。

"文革"后操旧业拿出了笔，我的特点是要利用一切时间写作，全天候写作。我的社会活动外事活动极多，但是我的主业是写作。全靠一茶。例如出差，两三个小时的飞行后到了目的地，我入住宾馆，至少两三个小时内谢绝来访，写。怎么个写法呢？先饮一杯浓茶，立即尘念全消，若有所思，悲从中来，味自茶起，此身若隐，进入了另一个文学的世界。摊开稿纸，拿出钢笔，刷刷刷，一行字已经落到了纸上。茶助文思，茶助神宁气定，茶撩心绪，茶也使你念之忆之咏之叹之，茶甚至于使你有那么点自我欣赏自我嗟叹自我作态，返求诸心了，写吧，写吧，再写吧。我是为了写与饮茶而来到这个世界上的。

一杯热茶，是我灵感的源泉，是现实的世界与文学的世界之间的桥梁，却也是一道"防火墙"。与一杯茶一本书几页稿纸相比，那些俗事，那些争斗，那些计较又算得了什么？茶是一个诱惑：有了这么好的茶，你该找到真正的文学感觉啦。

这里还有一个趣话。在我社会政治活动的高潮时期，常到中南海勤政殿开会，20世纪80年代，规定与会者必须自费购买小包茶叶，才喝得上茶，没带钱便只能喝白开水。一次我喝白水，被时任国家广播影视部部长艾知生看到，他哈哈大笑，给了我五角钱，才喝上了龙井。如今，艾部长已作古多年，自费购茶的规定也有了改变，逝者如斯夫，不舍昼夜！

我对各种茶的兴趣始终盎然。出国我喜欢喝红茶。疲劳的时候，"时差"倒不过来的时候我喜欢往红茶里加上鲜柠檬。吃多了，喝新疆风味的茶。夏天喝龙井、碧螺春、崂山绿茶，河南、安徽的各种名牌绿茶。我还购买过堪称天价的君山银针、洞庭银毫——这类茶更适合观赏，因为泡好茶，它的所有茶梗都竖立在杯中水中，像一片小树林。宴请或被宴请时，喝铁观音、大红袍、乌龙茶。近年受风尚影响大喝起普洱来了。一年四季，也都喝一点茉莉花茶，以不忘记自己北方佬这个本。在云南，我喝过他们的三道茶。在台湾，我喝过阳明山的极讲究的、异香满口的冻顶乌龙。在西北地区或西北省份风味的餐馆里，我喝过回族式的八珍盖碗茶。在杭州，西湖边上的湖畔茶楼令人有仙界不过如此的满足感。在宜兴，我有幸欣赏了他们的紫砂绝技。当然，日本的茶道也很好，它赋予饮茶以宗教式的庄重与虔诚。我在陕西扶风县法门寺的文物中看到了唐代的茶具，大体上与日本茶道用具无异。

得天下之佳茗而品之，其乐何如？夫复何求？你还想干什么？

我以为，对于人来说，粮是根，肉是力，酒是情、是热、是激扬生发，是熊熊燃烧。而茶是魂，是韵，是趣味，是机智，也是微笑与飘移，舞蹈与飞升。嗜茶者多半是好相处的人。祝友人茶运亨通，愿饮者平安永远。人生一世，中国人一世，喝茶的年头肯定比喝酒长远，比任职任教长远，比拼搏追逐长远。茶心淡淡，茶心久长，茶心弥漫，茶心终生相伴。

四川友人周啸天有诗曰《将进茶》，诗曰：世事总无常，吾人须识趣。

空持烦与恼，不如吃茶去……

佳境恰如初吻余，清香定在二开后……

诸公休恃无尽藏，珍重青山与绿水。

第五章

浪漫情怀

/

人生要
有所珍视
和眷恋

　　人总有这种时候，忽然，什么都忘了，什么都没了，剩下的是澄明，是快乐，似乎也是羞惭，更是一种消失。

清明的心弦

我喜欢北方的初冬，我喜欢初冬到郊外、到公园去游玩。

地上的落叶还没有扫尽，枝上的树叶还没有落完，然而，大树已经摆脱了自己的沉重的与快乐的负担。春天它急着发芽和生长，夏天它急着去获取太阳的能量，而秋天，累累的果实把枝头压弯。果实是大树的骄傲，大树的慰安，却又何尝没有把大树压得直不起腰来呢？

现在它宁静了，剩下的几片叶子什么时候落下，什么时候飞去，什么时候化泥，随它们去。也许，它们能在枝头度过整个的冬天，待到来年春季，归来的呢喃的燕子会衔了这经年的枯叶去做巢。而刚出蛋壳的小雏燕呢，它们不会理会枯叶的琐碎，它们只知道春天。

湖水或者池水或者河水，凌晨时分也许会结一层薄冰，薄冰上有腾腾的雾气，雾气倒显得暖烘烘的。然后，太阳出来了。有哪一个太阳比初冬的太阳更亲切、更妩媚、更体贴呢？雾气消散了，薄冰消融了，初冬的水面比秋水还要明澈淡远，不再有游艇扰乱这平静的水面了，也不再有那么多内行的与二把刀的贪婪的垂钓者。连鱼也变得温和秀气了，它们沉静地栖息在水的深处。

　　地阔天高。所有的庄稼地都腾出来了，大地吐出一口气，迎接自己的休整，迎接寒潮的删节。当然，还有瑟缩的冬麦，农民正在浇过冬的冻水，水与铁锹戏弄着太阳。场上的粮食油料早已拉运完毕，稀稀拉拉的几个人在整理谷草。在初冬，农民也变得从容。什么适时播种呀，龙口夺粮呀，颗粒归仓呀，那属于昨天，也属于明天。今天呢，只见个个笑脸，户户柴烟，炕头已经烧热，穿开裆裤的小孩子却宁愿待在家门外边。这时候到郊外、到公园、到田野去吧，游人与过客已经不那么拥挤。大地、花木、池塘和亭台也显得悠闲，它们已经没有义务为游人竭尽全力地展示它们的千姿百态。当它们完全放松了以后，也许会更朴素动人，而这时候的造访者才是真正的知音。连冷食店里的啤酒与雪糕也不再被人排队争购，结束了它们的大红大紫的俗气，庄重安然。

到郊外、到公园、到田野去吧，野鸽子在天空飞旋，野兔在草棵里奔跑。和它们一起告别盛夏和金秋，告别那喧闹的温暖；和它们一起迎接漫天晶莹的白雪，迎接盏盏冰灯，迎接房间里的跳动的炉火和火边的沉思絮语，迎接新年，迎接新的宏图大略，迎接古老的农历的年。"二踢脚"冲上青天，还有一种花炮叫作滴溜，点起来它就在地上滴溜滴溜地转。

　　初冬，拨响了那甜蜜而又清明的弦，我真喜欢。

苏州赋

左边是园，右边是园。

是塔是桥，是寺是河，是诗是画，是石径是帆船是假山。

左边的园修复了，右边的园开放了。有客自海上来，有客自异乡来。塔更挺拔，桥更洗练，寺更幽凝，河更闹热，石径好吟诗，帆船应入画。而重重叠叠的假山，传至今天还要继续传下去的是你的匠心真情，是你的参差坎坷的魅力。

这是苏州。人间天上无双不二的苏州。中国的苏州。

苏州已经建城两千五百年。它已经老态龙钟。无怪乎七年前初次造访的时候它是那样疲劳，那样忧伤，那样强颜欢笑。失修的名胜与失修的城市，以及市民的失修的心灵似乎都在怀疑苏州自身的存在。苏州，还是苏州吗？

苏州终于起步，苏州终于腾飞。为外乡小儿也熟知的江苏"四大名旦"——香雪海冰箱，春花吸尘器，孔雀电视机，长城电风扇——全都来自苏州。人们曾经担心工业的浪潮会把苏州的历史文化与生活情趣淹没。看来，这个问题已经受到了苏州人的关注。还不知道有哪个城市近几年修复了复原了这么多古建筑古园林。在庆祝苏州建城两千五百年的生日的时候，1986年，苏州迎来了再生的青春。一千五百年前的盘门修复了，是全国唯一的精美完整的水陆城门。环秀山庄后面盖起的"革文化之命"的楼房拆除了，秀美的山庄复原，应令她的建造者的在天之灵欣慰，更令今天的游客流连忘返，赞叹不已。戏曲博物馆，民俗博物馆，刺绣博物馆……纷纷建成。寒山寺的钟声悠扬，虎丘塔的雄姿牢固，唐伯虎的新坟落成，苏州又回来了！苏州更加苏州！

当我看到观前街、太监巷前熙熙攘攘的人群，辉煌的彩灯装饰的得月楼、松鹤楼的姿影，看到那些办喜事的新人和他们的亲友，听到他们的欢声笑语，闻到闻名海内外的苏州佳肴的清香的时候，不禁为她的太平盛景而万分感动。当然还有许许多多的麻烦、冲撞、紧迫、危机与危机的意识，然而今天的苏州，得来容易吗？会有人甘心再失去吗？不，我不能再在苏州停留。她的小巷使我神往，这样的小巷不应该出现在我的脚下而只能出现在陆文夫的小说里、梦里、弹词开篇的歌声里。弹词、苏昆、苏剧、吴语吴歌的珠圆玉润使我迷失，我真怕听这些听久了便不能再听懂别的方言与别的旋律，也许会因此不再喜欢不再会讲已经法定了推广了许多年的普通话。那迷人的庭园，每一棵树与它身后的墙都使我倾倒，使我怀疑苏州人究竟是生活在亚洲、中国、硬邦邦的地球上还是生活在自己营造编织的神话里。这神话的世界比真的世界要小也要美得多。她太小巧、太娇嫩、太优雅，她会使见过严酷的世界、手掌和心上都长着老茧的人不忍去摸她碰她亲近她。

一双饱经忧患的眼睛见到苏州的园林还能保持自己的威严与老练吗？他会不会觉得应该给自己的眼睛换上纯洁的水晶？他会不会因秀美与巨大这两个审美范畴的撕扯而折裂自己的灵魂？他会不会觉得自己和这个世界已经或者正在或者将要可能成为苏州的留园、愚园、拙政园的对立面呢？他会不会产生消灭自己或者消灭苏州这样一种疯狂的奇想呢？

更不要说苏绣乃至苏州的佳肴美点了。看到那一个个刺绣女工的惊人的技艺和耐心、优雅和美丽，我还能写作和滔滔不绝地发言吗？我能不感到不好意思吗？还有勇气或者有涵养去倾听那些一知半解的牛皮清谈、草率无涯的胡说八道吗？在苏州待久了，还能承受那些乏味、枯燥与粗野的事情吗？

苏州的刺绣，沉静的创造。苏州的菜肴，明亮的喜悦。苏州的歌曲，不设防的温柔。苏州的园林，恬美的诗情。苏州的街道，宁静的幻梦。而苏州的企业和企业家，温雅的外表下包含着洋溢的聪明生气。这一切都是怎么发生怎么留存的？她怎么样经历了那大起大落大轰大嗡多灾多难的时代！

　　苏州是一种诱惑，是一种挑战，是一种补充。在我们的生活里，苏州式的古老、沉静、温柔已经变得越来越陌生。而大言欺世、大闹盗名、大轰趋时的"反苏州"却又太多了。苏州更是一种文化历史现实未来的混合体。苏州是一种珍惜，是一种保护，对于一切美善，对于一切建设创造和生活本身的珍惜与保护。也是一种反抗，是对一切恶的破坏的无声的反抗。虽然，恶也是一处时髦，而破坏又常常披上革命的或忽而又披上现代意识的虎皮。我真高兴，七年以后，我有缘再访苏州。我们终于能够平静下来，保护苏州，复原苏州，欣赏苏州，爱恋苏州了。我们终于能珍重苏州的美，开始懂得不应该去做那些亵渎美毁灭美的事情。在历史的惊涛骇浪和汹涌大潮当中，在一个又一个神圣的豪情与偏狂的争闹之中，在不断的时髦转眼被更替的巨轮与浪头之中，苏州保留下来了，苏州复原了，苏州在发展。苏州是永远的，比许多雷霆万钧的炮声更永远。

晚钟剑桥

人总有这种时候，忽然，什么都忘了，什么都没了，剩下的是澄明，是快乐，似乎也是羞惭，更是一种消失。那个有时候是疲劳的、警惕的与懊恼的、絮叨的与做蠢事的自己不见了，那个患得患失的"人之大患"不见了，却仍然有一颗感动得无以复加的心。

说的是1996年5月23日，已经几天了，阴雨连绵。那天中午我与妻在伦敦英中中心与几个学者、研究生座谈中国当代文学。开完会，连忙赶往火车站。坐上郊区的支线车，经过一片片的绿树和田野，向剑桥方向驶去。

剑桥是一个小镇，在细雨中若有若无，如灰如绿。她的稀落静谧，不高不大不新的房子，不宽不大不拥挤的道路，我行我素，不事声张，好像和这阴霾的天气与寒冷的春天一道，打老年

150

间就是这个样子。

下车先去会场。在中文系一间办公室里换装，打好领带，人五人六地来到大课堂讨论教室。座无虚席。读准备好了的英文稿，并时时用不标准的英语即兴发挥一下，我不会放过这种"实习"英语的机会。遇到回答提问，就要请翻译帮忙了。英英中中、读读笑笑、问问答答、打成一片。活跃热闹的气氛，似乎给平静舒缓的剑桥大学的这个小角落带来了一点喜气。由于听众有一半人是来自祖国大陆的留学生和教师，可以从他们的脸上读到一种关切和喜出望外的神情。他们提的问题也很在行，显然他们身在英伦而时时回眸祖国——那一片神奇的土地。

在一片真实的与礼貌的赞扬声中离开会场，去大学贵宾馆。经过古老的、上方是耶稣与圣母的浮雕的拱门，穿过这个砌满石条的院落，进入一座厚重的建筑。想不到这座楼房的底层是一个封闭的室内桥，桥下是小溪，桥的两侧是玻璃窗，其中一侧四株大柳树的枝叶呈半月形地伸向我们。

陪同我们的先生告诉我们："徐志摩描写过这个桥，并命名为奈何桥。据说奈何桥是古代押解死囚去刑场的必经之路，要让犯人感到，这世界是多么美好，然而，由于犯下了大罪，他必须与世界告别。"

死刑犯的命运与行刑者的残酷，尤其是徐志摩的名字触动了我。我"哦"了一声，似乎一瞬间时间与空间的一切距离都缩小了、打破了，往事与逝者都靠近了。是的，"康桥再会吧"，康桥就是剑桥，有了逗留才有告别。徐志摩那时候是多么年轻，他是"资产阶级"，他写的都是"象牙之塔"里的诗……而我第一次踏上康桥的土地，已经是60多岁了。犹谓偷闲学少年？1987年首次造访英国，去过牛津没到过康桥。

贵宾馆在另一所古老的楼房里，木板楼梯窄狭弯曲，走在上面吱吱扭扭，令人发思古之幽情。一直爬到四楼，打开一扇厚重的门，是一个黝黯的小过厅，按动墙上的开关，高高地亮起了昏黄的灯。再用那笨重的铜钥匙开开房门，一间宽阔方正的老客厅出现在我们面前。褐黑色调，古朴的大写字台，曲背软椅，式样老旧的硬背沙发，墙上悬挂着一张带镜框的风景水彩画。更多的则是空白，以无胜有，以无用有，这种风格自然与矮小的充满各种物品的旅馆房间不同。

就在这个时候钟声响了。教堂的钟声悠远肃穆，像是来自苍穹，去向大海。我一时停在了那里，等待着，倾听着，安静着。

放下随身携带的物品就去圣约翰书院晚餐。进入书院，先去"派对"大厅。人们介绍说这间大厅保持着三百多年前的习惯，厅内只点蜡烛，不设电灯。人们又说，第二次世界大战中盟军最高司令部诺曼底登陆的计划，就是在这间大厅里制定的，因为有一张特大的军事地图，只有在这间大厅才能把整个图展开，而且这间大厅的遮光效果比较好。我唯唯，历史是我们的近亲，历史就在我们手边，就在我们呼吸着的空气与我们被照耀着的烛光里。

所有前来饮酒并接着去吃饭的人都穿着为在本院获得过博士学位的人特制的黑"道袍"，十分庄严郑重。英式发音优雅做作，每人脸上的笑容都合乎标准。千篇一律的，数百年无变化的餐前饮酒的"过场"飞快地走完了。人们进入餐室，我们与一位来自美国的生物学家算是今晚晚餐的贵宾，被让到了首桌。每张桌子上都放着参加晚餐的全体人员名单和印刷精美的菜单——当然我们也从中验证了自己的存在，从而得到了些微虚空的满足。众人各就各位，首先由书院院长带领做祈祷，然后进餐。服务人员也都有一把年纪。主人解释说，由于"疯牛症"的威胁，今天没有牛肉可吃，改吃羊肉。其实头三天我已经吃过牛肉了，如果该染上，恐怕本人已经是潜在的疯牛症患者了。羊肉的味道乏善可陈，我没有吃多少，倒是多吃了一点甜食。晚饭结束后再去"派对"大厅喝咖啡。一切陶冶情性的程序认真完成，并没有用多少时间。远远比参加一次正式宴请简单迅速得多，难得的是这种数百年不更易的坚持。这与其说是吃饭不如说是吃饭的仪式，也许真是一种展现和怀念剑桥以及整个英国的历史、保持（为什么不呢？）和炫耀剑桥及英国的光荣传统的典礼——如果不说是例行公事的话。我甚至猜想，与餐的一些人饭后很可能有约去进行另一顿晚餐，更美味更轻松更富有生活气息的一餐。历史的必须之后肯定还有现实的快乐，当然。这种保守的庄严与珍惜的认真劲儿也令人感动，没有这就没有剑桥，没有英国，再引申一步，就没有欧洲，并且（对不起），这本身就有观光价值。什么时候我们中国也有这种古色古香的演示与咀嚼呢？为什么有时候我们是那样气冲冲恶狠狠地对待历史呢？

从圣约翰书院出来，天时尚早，刹那的夕阳余晖一闪，阴云迅速地重新遮盖了天空。我很庆幸，可以早早地与校方的人员告别，享受一个晚上的自由独处。重新走过大院落，走上室内的奈何桥，想着死囚与徐志摩，想着《再别康桥》，轻轻地来与去，和《我所知道的康桥》。想着中外的历史、第二次世界大战与战前战后的和平时光，在剑桥获得学位的那种庄严与不无做作的盛典，"故国"神游，多情应笑我早生华发……然后，来到了那块大草坪上。

雨后的绿草如油，映衬于四面的苍茫的建筑，显现出一种生命的滋润与新鲜。我看到了我们下榻的那间房屋的窗子，也看到了房后的教堂尖顶十字架。我想起了幼年时读过的有关欧洲的一切，比如《茵梦湖》。我知道茵梦只是音译，但是茵这个字还是使我立即把它与眼前的这片绿草联系起来。我假定绿草坪是欧洲的一道经久不移的风景。我假定不论是《傲慢与偏见》还是《简·爱》的故事乃至福尔摩斯的案件都发生在如此的绿草地上。走在这样的草地上我觉得说不出的感动。我的感动是一种不胜其美，不胜其静，不胜其古老，不胜其空空如也，不胜其平凡而又妩媚的风格的感觉。按照徐志摩的描写，也许这里是应该有几条牛的，但我没有注意到牛。我说没有注意到，是因为我是如此融化于这剑河边的草地的静谧之美，我似乎已经丧失了旁的能力。

又下起了雨，小风相当凉。妻说快进屋吧，这才依依不舍地进了楼。

天也就这样黑下来了。楼里照旧杳无人迹。绝了。今夕何夕,此地何地?虽说已是5月下旬,阴雨天仍然寒冷。好在房间里的暖气可以调节,拧一拧螺旋开关,发出咔咔的响动,一股子温暖就过来了。洗洗脸,用电壶烧开水沏上一杯红茶。晚间,一面说闲话交换我们对剑桥的印象,一面找出了头几天这次访英的另一个东道主陈小滢女士送的——她的双亲凌叔华与陈西滢的作品集翻阅。这才注意到客厅里靠墙摆着一排大书柜,书柜里码着的都是棕色皮面的精装旧书。时光似乎倒退回去了不少,我们与世界也两相遗忘,一种少有的随意与松弛抚慰着我们的心。

这时钟声又清纯亮丽地响了起来。满屋都是钟声,满身都是钟响。咚咚当当,颤颤悠悠,铺天盖地,渐行渐远,铿锵的钟声与一波未平一波又起的嗡嗡余韵互为映衬,组成了晚钟的叠层堂室。我们放下手中书,我们谛听着饱含着爱恋与关怀、雍容与悲戚的钟声。我们的心我们的身随着这钟声而颤抖而飞翔而化解。我重又浸沉到那种喜不自胜悲不自胜爱不自胜愧不自胜的心情中。我感动于钟声的悠久而惭愧于自己的匆促,我感动于钟声的慷慨而反省于自己的渺小,我感动于钟声的清洁而更产生了沐浴精神的渴望,我感动于钟鸣的深远而更急切于告别那些无聊的故事。

钟声至今仍然鸣响在我们的心里。

……第二天按计划应是乘舟游览。无奈雨愈加大了，无法"撑一支长篙"去"寻梦"，去"向青草更青处漫溯"——只好取消这本会沉醉销魂的旅程。打着伞在剑河边站立了一会儿，分不清树、草、桥、河、栅栏和雨。想着，如果天气好一点是多么好啊——事情总不能太完美。谁能呢？到图书馆里看了看，找出了1958年收了我的作品译文的书——那时可把我吓坏了。然后提前离开了这座大学，这座城镇。

留下一些项目以待来日吧，我们都这样说，自慰着，就像来日永远与我们同在。

天街夜吼

从平地上看泰山，实在看不出什么不同来。

仰望泰山，普普通通，比起任何你随处可见的俗山，并不更雄伟或更壮丽或更神奇或更险峻或更潇洒飘逸浑若上帝一不小心给玩出来的似的。你可能觉得，给你点时间，加上子孙后代，发扬后智叟精神，你也可以堆一个泰山。

爬上去，上了南天门，进入她的境界，你才叹服她的恢宏与镇静。

泰山不是为了唬地上的众生的，不是为了仰视的，是为了登临的。

至南天门东行曰天街。石头铺好了平平的路，路口有卖当年武大郎兄卖过的炊饼的，虽然蜜斯潘金莲人面不知何处去，令人黯然神疲并赞扬改革开放带来的观念更新，街还是真像一条街。

至于天，自然是言其高也。入天门，行天街，头右甩，但见森森郁郁而又一目了然。泰安县如在掌中。津浦路如悬天上。宇宙辽阔，气象万端，高低起伏，阴阳明暗，远近曲直，风云寒暑，变化有定而又各得其所。游人纷乱如蚁。在大山大河大自然大宇宙面前，己身亦如蜉蝣而已，于是想起几个装模作样要吃人的纸老虎或纸老鼠或活跳蚤，不禁哑然失笑。祝他们平安。

晚饭毕，披上军大衣夜游天街。虽说是高处不胜寒，夜景仍然迷人。同行文友曰蒋子龙、范希文、毕玉堂，走过一趟，依石而坐，观星，观月牙儿，观灯，观黑影夜色。便觉渐入佳境，乃仰天长啸，引吭高歌，歌"妹妹你大胆往前走"，远处一位不相识的老哥便喊此歌不让唱了，略一困惑，继续唱自己的。接着唱我们共产党人好比呀种啊啊啊子，人民好噢比土啊啊地……颇有泰山石敢当之感。然后唱沙家浜人士郭连长所唱的听对岸响数枪声震嗯嗯芦荡昂吭昂吭及唆啰蜜藕——意大利那不勒斯名曲《我的太阳》。觉得极为痛快。

人生能得几回吼？跟着感觉也不好走！

第二天起来，规规矩矩，客客气气。外甥打灯笼——照旧（舅）。

是日壬申五月初六，端阳后一日，西历六月六日，星期六，六六六六，或曰大顺，或曰六——啊，是"没门儿"的意思，北京土话而已。

浪漫情怀

　　十八九岁的时候是我阅读苏联小说的一个高潮。我读了《少年日记》，描写一个少年人的哥哥——一个红军战士的爱情故事。到现在，连作者的姓名也忘记了，但我仍然记得那小说中表现的人性的美，表现的苏联人的崇高、纯洁、诗意。读之如饮甜醇酒，一嘴一肚子的芬芳、甘美和陶醉。

　　后来读巴甫连柯的《幸福》，歌颂斯大林，歌颂一位身患重病的红军指挥员与一位身材高大的女军医之间的爱情，歌颂苏联红军在卫国战争大反攻阶段解放东欧诸国的胜利情景，描写战后苏联人与美国人精神上的一次较量。书里还直接描写了斯大林的圣哲与伟岸。其语言之美丽、深邃、自信、雍容，场面之辉煌，感情之饱满，思想境界之高屋建瓴令我倾倒再倾倒。我努力在自己的生活中寻找与《幸福》相通的因子，我找到的很少，但也有一点。那是在1953年的新年除夕，我以区里的新民主主义青年团干部的身份去一些学校参加学生们的迎新活动，我骑着一辆破自行车在鼓楼大街上飞奔，听到了午夜的钟声……在飞速行进中度过了一年，我自我感动得要命，当然，那是幸福。文学的最高使命也许就是让人们感受自己的幸福吧！

可惜后来不太久，斯大林的神话漏了气，巴甫连柯的神话也不灵了。在个人迷信时期，在斯大林搞肃反扩大化的时候，巴甫连柯似乎干过一些不齿于人类的事情。一个有弱点的人也可以写得你神魂颠倒，不知道这说明了文学的力量还是文学的没有力量。

我曾经激赏《远离莫斯科的地方》。然尼亚对书中的主人公（我已忘记了他的名字）说："你就不注意一下我么？"这个苏联姑娘的大胆与热烈当时也叫我纳闷：咱们的生活里怎么没有这样的女孩子呢？

那时候我不懂小说与生活的区别，有些事是不能把小说的情节描写照搬到现实中来的。搬过来以后也许反而显得做作、过分、烦人。文学的魅力之一就在于它酷似生活又不似生活，酷似真实又难以较真，酷似可以指导你，却又难以认真操作。

人生要
有所珍视
和眷恋

在"反右"斗争中我反复地读《双城记》，我需要体会的是历史的严峻，政治的威严，个人的渺小，命运的无常。确实，狄更斯帮助我度过了那考验的日子。

读小说是一种享受。后来年纪渐渐大了，读的小说也杂了，自己又写了那么多。酸甜苦咸辣，涩鲜淡厚麻……舌头的品味要求已经不限于浪漫的甜酒了。也难得那样的感动那样的泪流满面了。甚至看那些名著的时候，我也常常发现那名气大得吓人的、让年轻同行五体投地的外国作家是怎样地作伪和取巧，怎样地回避和诡辩；更不要说装腔作势和无病呻吟啦。水至清则无鱼，人至察则无书。无书就更要寻觅好书，珍爱好书了。幸乎？悲乎？识者教之。

天涯海角

天本无所谓涯，地本无所谓角。

思本无所谓涯，情本无所谓角。

是故涯本无形，角本无影。

而生也有涯，虑也有角。命也有涯，运也多角。人，来到了海南岛的最南端，赋予天涯以形，赋予海角以影，发现了、固定了天涯海角的形影、人的需要。

蓝天，翠亮透明如洗如雨如玉而终不可见。除了轻曼的白云。除了羽翼般的椰子树叶子。仰头上眺，椰子树的羽毛般大叶似乎在天空飞翔。

碧海。碧海的白浪花便是海神的翅膀吗？它温柔地沙沙拂摸着巨石怪石。

紧闭嘴巴的怪石显得严肃和不合时宜。是怀才不遇吗？是生性狷介吗？是空有大块头而并无真货色，到头来落了一个靠边蹲的必然寂寞吗？

谪居逐客，也许与巨石产生了硬邦邦的共鸣？于是认定了是涯是角，眼前一片茫茫，正是好去处。

便都来这里摄影留念。便一定要在照片上现出"天涯"与"海角"的字样，字大概是郭沫若老写的。

便在而今之世成了旅游点。到这海滩上走一走要收数角钱的门票。若到天涯海角去，别忘了带零钱！前朝逐客有知，能不粲然幽默乎？

还在巨石边修了海滨浴场。浴沙如金，"雷迪尖头门""密斯密斯脱"，比基尼健而美，更衬脱出黑大圆石头之落伍。往者已矣，来者好追。

更有牵北国瀚海之行舟骆驼至海南岛者，牵老去茶凉秃马供勇敢之骑士跨鞍留影者，有三下五除二打开椰子脑壳插上含角度之吸管供旅客啜饮者，有卖贝壳之商品与草帽之编织者，有收泊车费之戴红箍者……高跟软底，齿白口红，快门咔嚓，闪光倏灭，杭兀（香港）马栳（澳门），贵客盈岸，当地回女，倒卖私表，瓜子食仁而落皮，椰壳漂海而沉浮如人头，于戏，天涯成闹市，海角挤游人，浪花应有价，巨石亦商品……

只是向远看仍是水天一色的碧蓝，仍是汪汪洋洋清清茫茫，岸上愈乱乎，你就愈确信，这里就是天涯，这里就是海角，这就是空间终于达到自己的终端，有达到了无的地方。

等回到北京，就更加相信，已经经历了一次轮回，去了天涯，来自海角，永远是夏天。

有首歌流行，叫《请到天涯海角来》。听那个旋律和节奏，不像劝人到天涯海角来，倒像是到酒吧间来、到咖啡馆来，到这个那个舞会来。

还好，天涯海角不知道"请到天涯海角来"。

橘黄色的梦

"我非常爱我的工作，是的，我爱！"芭尔拜拉·海尔弗格特·海依特再一次对我说。她的声音清脆、温柔、富有表现力，好像是一只百灵在啼啭，好像是在给幼儿讲故事，好像在唱歌。她个子矮矮的，戴着一副黑框大眼镜，面孔、皮肤和衣衫都富有光泽，使我想起有山楂糕作配料的杏仁豆腐。

"有一次在街上，我看到一群孩子向黑人抛掷石块，我便停下车来，走出来给他们讲了六分钟的话。等我讲完，他们把石块全放下了，而且承认他们不该那样做。从此，我相信了语言的力量，美好的语言，是有力量的……"

芭尔拜拉家的客厅在二楼，满地都铺着橘黄色的、毛茸茸的地毯。我想起了美国一位心理学家的见解，他认为喜欢橘黄色的人都热爱生活，乐观，愿意做领导者。摆在我的面前的糖果和水果盒子也是经过精心设计的，紫葡萄与黄柑橘、淡绿色与褐色的糖、小块蛋糕、剪成花状的餐纸……

"从此，我给小学生讲授诗歌……不，我的职业不是教师，我是诗人，在小学的工作只是我的兼职。等一下，我要给你一批有关我的工作的材料……"

波士顿，1982年6月7日，雨。雨已经下了好多天了，灰蒙蒙的。我喜欢雨中的波士顿，查礼士河，簌簌滴水的树，砖木结构的楼房，有一种迷人的情趣。不像暴发户式的芝加哥和纽约，那种玻璃钢梁结构的摩天大厦使人觉得陌生和压抑。然而在这间房子，却似乎又与雨中的波士顿无关，它辉煌而又高雅，宁静而又温馨，它关心着的只是它自己的诗和梦。

"你这样爱你的工作，欣赏你的工作，这真是太好了！"我说，不完全是出于礼貌。本来嘛，十个人有九个人说起自己的工作就摇头、叹气、发牢骚、叫苦连天，不仅在美国。

我们从狭窄的楼梯上走了下来，听不到靴鞋和木板接触时的橐橐声和吱吱声，好像少了点什么，地毯很厚。记不清了，离开客厅的时候，她是不是关掉了悬垂的吊灯。

"现在就请你们去听我给孩子们上诗歌课，我请求你用中文给孩子们朗诵一首诗。我真希望你能听两节课，然后，我们一起去用午饭……"

汽车在幽静的林荫路上行驶，学校在一个幽静的地方，时落时停的小雨含着几分忧伤。我在车轮的沙沙声里，翻看她送给我的复印材料，有当地报纸对于她的事业的报道，有她编辑的她的学生们写的诗。

一个8岁的孩子是这样写的：写诗就像是躲在门后边，猜呀猜，门那边是什么？一个11岁的孩子是这样写的：安静，就是说小孩子们都睡了，连猫也一动不动……当然，看清这些诗已不是当天的事了，那是在半个月以后，我坐在从旧金山驶往东京的客机机舱里的时候。

教室不像我们的小学教室，也许更像幼儿园的活动室。每个人的课桌和座椅都是可以移动的，大家围成半个圈。有一个神气活现的男孩子远离大家坐在一边，经过询问，他告诉我是因为刚刚和同学吵了架。

芭尔拜拉读完了一首诗，问孩子们："听完了这首诗，你们的感觉是什么呢？"

孩子们七嘴八舌地回答：

"很好听。"

"很上口。"

"好像没完似的。"

"……"

"那么，你们有没有过这样的记忆呢？永远忘不了的？你们听见过这样的声音吗？你们闻见过这样的气味吗？告诉我，那是一种什么声音？什么气味？"

她开始问每一个孩子，孩子们做出各式各样的回答，有的谈天空，有的谈花草树木，有的谈动物，有的谈食品，有的谈随便什么……

"你们说得好极了！"孩子们的任何一种回答都使芭尔拜拉满意，"孩子们，你们能不能把你们的感觉写成一首诗呢？"

就这样讨论着，交谈着，吟唱着（是的，芭尔拜拉不是在说话，而是在吟唱，在表演），孩子们拿起了铅笔、圆珠笔，拿起了光洁的纸，他们开始写起来了。

这中间，还插入了由这位女教师用好听的声音朗诵冰心的诗《春水》英译片断和毛主席的词"西风烈，长空雁叫霜晨月……"的英译，我也用汉语朗诵了这首词。与中国的语文教学全然不同的是，教师几乎完全不讲解、不注释诗的内容，而只是和孩子们一起讨论各自对于诗的感觉。

于是，孩子们凭感觉写出了各自的"诗"，交给了芭尔拜拉，女诗人当即选读了其中的几首，并大加赞扬，我也觉得这些即席写诗的孩子们委实可爱。一堂诗歌课就这样结束了，芭尔拜拉请我们和她一起去教员休息室喝咖啡。

离开小学的时候，雨已经停了，我们的车向熙熙攘攘的市区开去。陪同人员告诉我："这是一所很特殊的小学，收费特别高昂，一般的美国人的子弟——比如像我的孩子，是上不起这样的学校的。他们也会以重金特聘一些像芭尔拜拉这样的知名人物去为孩子们上课。干脆可以说吧，这是一所贵族学校。"

由美中关系全国委员会安排的在东北海岸参观访问活动就这样结束了，而后需要的是把汽车退给出租汽车的赫兹公司，结算。从纽约租的车，可以在波士顿退掉，但要多交一些钱。我们从芭尔拜拉的梦里回到了美国的现实生活，到处是噪音，电子计算机，风驰电掣的汽车，花花绿绿的橱窗，广告牌上的美女，迪斯科，《花花公子》，电视和广播报道着阿根廷和英国在马尔维纳斯群岛交战，以色列进攻黎巴嫩，伊朗和伊拉克……还有，刺杀里根的青年被心理分析专家判定为不能对自己的行为负责……

雨中的野葡萄园岛

天上下着蒙蒙细雨，海和天呈现着难解难分的茫茫的灰色。汽车开上了拥挤的摆渡，中国作家小组的黄秋耘、乐黛云和我在美中关系委员会的南西女士陪同下下了车，先是想到上面的船台上去观赏大西洋的风光。雨并不大，又有帆布遮阳伞的保护，本以为可以上去坐的，可惜所有的轻便塑料椅都已经打湿了，没法坐，只好回到统舱。

我似乎微微有一点憋闷，没有吃原来带在身上的准备这时候吃的蛋糕。倒不是因为下雨，我喜欢雨，喜欢雨中的潮润的空气，清凉、柔和，喜欢带着光泽的街道、树叶和屋顶的洋铁皮，也喜欢听雨声，欣赏雨给大自然带来的一种动势。而且，下雨的时候我总是分享着大树和小草的畅饮生命甘露的欢欣。但是今天我并不那么高兴，因为大西洋使我觉得陌生而且阴郁，虽然我这是第二次到美国东海岸来看大西洋，上一次是1980年11月，这一次是1982年6月3日。

这次来美国是为了参加纽约圣约翰大学的一次国际性的关于中国当代文学的讨论。当然，有许多严肃的、态度客观的学者参加了讨论，提出了令人感兴趣的论文，但也确实有几个人利用文学讨论兜售他们的一厢情愿的反共反华滥调。叫人高兴的是这些人的挑衅都得到了应有的有理有据的反击，到后来，出丑的恰恰是这些人自己。紧张的讨论和舌战结束以后，我们在美国的东北海岸参观访问几天，这本来是很惬意的事。然而，当"讨论"的弦松下来以后，我立即感到了与这里的土地、天空和大洋的隔膜。这连绵的阴雨里的灰茫茫的一切，叫人觉得遥远和捉摸不透。

这样想着，摆渡靠岸了，我们来到了旅游胜地维尼亚尔岛，或者，就意译做"野葡萄园岛"吧。

汽车刚刚从摆渡驶上了小岛。南西女士叫了一声，踩住了刹车。我们看到一位穿着湿淋淋的橘黄色雨衣雨裤的身材高大的男子伫立在路边，"就是他"，南西告诉我们说。

他就是作家约翰·赫西，头发已经灰白，宽前额，长脸，大

174

嘴，目光里显现着一种东方式的谦逊和老人的温和与耐心。他身旁有一位中国留学生。他们来接我们了，这是不多见的，我知道美国人很注意节约时间，他们一般不肯把时间花在送往迎来上。

他把我们带到了旅馆，在他的关照下，每个房间里放着暖水瓶和茶叶筒。这在美国也是绝无仅有，一般美国人是不喝热开水的。

"我是出生在天津的，我曾在中国度过我的童年。"刚刚坐定下来约翰·赫西便用这样一句话开始了他的自我介绍，接着，他缓慢地讲了几句汉语。

"天津？"我的眼睛发亮了。

他介绍说，在离开天津四十多年以后，他于去年重新访问了天津，到狗不理包子铺吃了包子。他找到他出生的那所房子，并在那个院子里碰到了一位上了年纪的老太太。当他向老太太自我介绍他曾在那里居住以后，那位中国老太太热情地邀请他："您搬回来住吧，我们给您腾几间房子……"中国人的激情，中国社会的变化，人们精神面貌的变化使他非常感动。回美国后，他把这一切感受写在一篇长文里，发表在一份很有地位、很有影响的刊物《纽约人》上面了。

这是一个对中国充满友好感情的人，而且，我好像明白了一点，为什么他的举止和表情当中有一种东方式的谦和、宁静和克制。后来他带我们坐在他的汽车里游览这个小岛，雨下得愈来愈大了，我们下不了车，而且不得不把车窗关严，雨丝已经透过窗缝袭击到我们的脸上了。

"太遗憾了，今天的天气这么不好。"约翰说。

"可是我喜欢雨，雨是美丽的。"我说。

"都赖王蒙，他老说他喜欢雨，结果，从离开纽约就下雨，已经下了四天了！"乐黛云抱怨着，南西笑了起来。

小岛很小，只有一条很短的以卖旅游纪念品为主的街，此外大多是一些豪华的别墅，涂染成各种颜色的两层楼房，有的把楼梯修在房外，楼梯扶手有精致的雕花，这些别墅只是在夏天才有人，其他时候大多空着。现在，这些各色各式的别墅，统统瑟缩着隐现在灰茫茫的云雨里，而四周是灰的海，灰白的浪花。我有点担心，再下上一夜雨，也许这些房子连同这个小岛，都会溶化消失在大洋里。不是吗，雨愈下愈大，除了我们这两辆车子，这几个人，小岛上似乎再也看不见车和人了。

当天晚上，我们在约翰·赫西家里做客。赫西夫人是一个同样平易近人的雅静的人，在约翰的客厅里，我们见到了大名鼎鼎的美国当代进步女戏剧家丽莲·海尔曼。她虽然高龄，显得瘦小枯干，老态龙钟，但非常健谈，不停地呷着加冰块的威士忌酒，不停地变换话题说这说那。她谈她的戏剧创作生涯，谈她的健康状况，谈她的近作，又回忆在第二次世界大战当中她数次访问苏联的情形，许多为中国人民所熟悉的当时苏联的著名作家，都是她的朋友。后来不知怎么把话题转到了美国的黑社会，她说她用过一个厨师，是一个从加拿大游泳到美国的非法入境的人，由于他是非法移民又要糊口，便投靠了黑手党，现在他的职业、收入、行动都要受黑社会的控制。

晚饭是中西合璧，有纯中国式的锅贴，也有西式汤、沙拉与赫西夫人亲自做的甜点。丽莲·海尔曼在席间表示，她为没有去过中国而深感遗憾，她希望我们给她起一个中文名字。黄秋耘同志告诉她，丽莲，这本身就是一个美好的中国女子的名字，可以当作美丽的莲花解。她睁大了眼睛听着，为"美丽的莲花"的解释而满意地大笑起来。告别的时候，我拥抱了这位高龄的、热情的老太太，她更高兴了。

匆匆的一夜，第二天上午我们又来到帆船桅杆林立的小码头，谁想得到，约翰·赫西已经等在那里为我们送行。他说，他一直在期待着与中国作家的会晤，今年9月，他还将去洛杉矶参加美国作家与中国作家的双边对话。他还笑着告诉我，说是丽莲·海尔曼回家后又给他打了一个电话，说是老人家几天来一直忧郁、不适，通过和中国作家的友好相处，她觉得她已经完全恢复了精神和健康。

我呢？我好像也快活多了，虽然雨还没有停，虽然还不能到船台上"极目西天舒"，虽然我们还要在这陌生的土地上行走几天。只要有对中国的友谊、对中国人的热情，只要到处能听见"中国"这两个字，这就让人觉得温暖和亲近了，即使远在地球的另一边。

第六章

新说红楼

人生要
有所珍视
和眷恋

《红楼梦》的艺术描写是无与伦比的。人物
故事环境，不论音容笑貌、衣冠穿戴、饮食器具、
花木房舍……无不写得鲜活清晰、凸现可触。

黛玉开始很乖

一般认为黛玉也是富有叛逆性格的，故而与宝玉结为知己，黛玉的小性、挑剔、使气、悲观、与俗鲜谐都给读者留下了深刻印象。

其实林小姐一上来并非如此。第三回写到她初到贾府看到贾家奴仆"……吃穿用度，已是不凡，何况今至其家。因此步步留心，时时在意，不多说一句话，不多行一步路，恐被人耻笑了去……"她这时是谦虚谨慎戒骄戒躁的，她的心态更像是个小媳妇、小公务员。

其实例为证，早先黛玉由于体弱，饭后要过片时方吃茶，不伤脾胃（王按，这在今天看来仍是合乎科学道理的，以免冲淡胃液、影响消化），但第一顿饭她就发现贾家与她家不同，吃完饭就上茶："今黛玉见了这里许多规矩不似家中，也只得随和着些……"入乡随俗，黛玉绝非不讲人情世故。

黛玉第一次显出脾气来是第七回，送宫花送到她那里，薛姨妈的礼物，她立即问是专送我还是都有，得知并非单送她而到了她这里宫花只剩一枝时，立即表示她就知道别人不挑剩下不会送到她那里去。受到她的刺话的恰恰是有头有脸的凤姐的亲信周瑞家的。黛玉与刚到贾府时判若两人，不调查，不讲理，不区分对象，不厘清目标，不计后果，生事。比她任何一次闹脾气都更无理。

想来想去只能有一个解释，黛玉已经陷入对宝玉的爱情当中，也已经对自己在贾府的地位有了某些自信，行市大涨了。人的处境愈好脾气就愈大，这是人性弱点之一。以她的年龄、她的处境，当时的环境叫作"语境"的，她陷入情感波澜后的唯一可能、唯一出路，就是从此喜怒无常，悲从中来，饱受精神的煎熬。

林黛玉是个极重感情又聪明绝顶的女孩子。除了重感情，重宝玉，她还能重什么呢？她不像宝玉还能泛爱博爱一番，她一爱上宝玉就只能纠缠如毒蛇，执着如怨鬼了。

我在某次讲座中与听众交流的时候说过一句话，"林黛玉的情感是超常的，能让林黛玉爱上一回，即使最后被她折磨得跳了井，也是值得的啊"。

人生要
有所珍视
和眷恋

拎不清的书名

《红楼梦》原名《石头记》，书里第一回就说了，实际版本也是如此，脂评、戚本、列（彼得格勒）藏本都叫《石头记》。此书第一回里还提到另外的书名：《惜僧录》和《金陵十二钗》，虽有此名，少见这样的版本。用得最广泛的还是《红楼梦》的书名，所有外文译本都是用这个名称，最多翻译时加个介词，使之类似"梦在红楼"或"红楼之梦"。还有一个名字被坊间采用过："金玉缘"。我上小学时就读过名为《金玉缘》的《红楼梦》。

我拙于考据，拎不清几个名称出现的缘起始末，只想从文学性、书名学的意义上说一说。

《金玉缘》云云，向通俗小说方面发展，它突出了薛宝钗的地位，不准确。因为全书一直贯穿着究竟是"金玉良缘"还是"木石前盟"的悖论、困扰、撕裂灵魂的悲剧性矛盾。

"金陵十二钗"取名不错，即金陵有一家伙十二个女性，有气势也有魅力，或者说有"卖点"，不知为什么未被书界接受。可能是只提出十二个女性，嫌单纯了些。我倒是见过以此命名的画图。澳门濠景酒店就出售一种茶托，图画是《金陵十二钗》。

"情僧录"是十二钗的另一面，与十二钗互为对象，从情僧（即贾宝玉）眼里看出去，是"十二钗"，从十二钗眼里看出去，只有一个贾宝玉。"情"与"十"两个名称都有人物但缺少构成小说的一个特质：故事。有道是艺术性强的小说应以人物为重心，有理，但叙事诗、报告文学、散文速写，也都可以以写人为主。还有不论你默认也好，气急败坏地骂娘也好，多数读者读小说，是首先由于受到了故事的吸引。

情僧云云，多少有主题先行、装腔作势、与常识较劲直至洒狗血的嫌疑。

最好的书名当然是《石头记》，这方面我曾与宗璞讨论，我们两个的意见一致。石头云云，最质朴，最本初，最平静，最终极也最哲学；同时又最令人欷歔不已。多少滋味，尽在不言中。

石头亦大矣，直击宇宙，直通宝玉，登高望远，却又具体而微，与全书的核心道具即宝玉脖子上挂着的那块通灵玉息息相关。这样的名称只能天赐，非人力所能也。

我建议，今后出版社再印此书（指供大众阅读的长篇小说，不是指专门的什么什么版本），干脆用《石头记》书名，值得试一把。

《红楼梦》则比较中庸，红者女性也，闺阁也，女红、红颜、红妆、红粉……不无吸引力。楼者大家也，豪宅也，望族也，也是长篇小说的擅长题材。梦者罗曼斯也，沧桑也，爱情幻灭也，依依不舍而又人去楼空也。多少西洋爱情小说名著，从《茵梦湖》到《安娜·卡列尼娜》也是靠这种写法征服读者。

与"石头记"相比，"红楼梦"，还是露了一点，俗了一点。这又是悖论，我们不希望把小说写俗了，但是在我国，与诗词、散文、政论相比，小说与戏曲从来都是俗文学。

还有一条，过分地偏激地咋咋呼呼痛斥世俗通俗，本身也可能是一种矫情做作——也是俗的一个变种罢了。

青春的苦闷

中国传统小说中对于"怀春""相思"的描写虽不在少数，但往往比较简单粗略，而且往往与什么一见钟情、订约幽会、巫山云雨紧紧接续，缺少对于青春期苦闷的泛描绘。

比较起来，"红"的第二十六回就写得相当集中和真切。这一章，不但写到宝玉、黛玉的思春情景，而且写到下人小红的悲观疏懒烦闷。这一回充满着青春的百无聊赖，顾影自怜，欲说还休。

小说写的是状态，写的是表面的沉闷与内里的激情，是压抑着的生命的律动，郁积着萌发着的地火。请读这一段文字：

宝玉打发贾芸去后，意思懒懒的，歪在床上，似有朦胧之态。袭人便走上来，坐在床沿上推他，说道："怎么又要睡觉？

你闷的很，出去逛逛不好？"宝玉见说，携着他的手，笑道："我要去，只是舍不得你。"袭人笑道："你别没的说了。"一面说，一面拉起他来。宝玉道："可往那里去呢？怪腻腻烦烦的。"袭人道："你出去就好了；只管这么委琐，越发心里腻烦了。"

宝玉无精打彩，只得依他，晃出了房门，在回廊上调弄了一回雀儿。出至院外，顺着沁芳溪看了一回金鱼。

这一段写得相当传神。意思懒懒的，妙极，不是肉体上四肢上的懒惰，而是内在的不知如何是好。然后弄鸟观鱼，一副公子哥儿的做派令读者既叹又羡，何况他还有一个袭人可以说话撒赖。小红和林黛玉可没有这样的机会。接下来：

（黛玉）叹了一声，道："'每日家，情思睡昏昏！'"宝玉听了，不觉心内痒将起来。再看时，只见黛玉在床上伸懒腰……宝玉见他星眼微饧，香腮带赤，不觉神魂早荡……

"情思睡昏昏"云云，作为戏词好唱，当小说来写并不容易。于是下面有宝玉的调笑，有黛玉的嗔怒。更有趣的是插上薛蟠的插科打诨，谎称"老爷"（贾政）叫宝玉，才把宝玉从黛玉身边拉开，这是极好的相反相成，否则一直情思昏昏，青春苦闷"春困发幽情"下去，读者岂不也要被催眠了吗？雅俗相搅局，雅俗相搭配，乃有小说可写可读。

除了薛蟠的不无畅快的俗鄙，这里还有宝钗的清明与谦恭，写她的克己复礼，不吃薛蟠得到的稀罕物品。她是没有春困也没有幽情的。她是没有苦闷也没有"意思"的，令人不知道是赞好还是叹好。在太多的抒情乐段当中，这样的清醒超凡的声响也是必要的。

本回结尾处是黛玉晚访宝玉被小丫鬟所拒，哭了起来："颦儿才貌世应稀，独抱幽芳出绣闺。呜咽一声犹未了，落花满地鸟惊飞。"

疑惑的第一乐章（小红），诡诈的第二乐章（贾芸），散乱而又天真的第三乐章（宝玉），谐谑的第四乐章（薛蟠）与悲哀深情的第五乐章（黛玉），多么细密的音乐式的结构啊。

如果你的老板是宝二爷

《红楼梦》里写到的那种没有公平竞技——费厄泼赖的社会，主子完全不必有什么高明，高贵者常常很蠢很赖很痞——中国的贵族可没有中世纪欧洲贵族的那点举止风度，声言自己出自贵族门槛的中国作家千万别忘了这点国情，不要原想抹润面乳的结果变成了抹驴粪蛋。偷鸡摸狗的贾琏，浑不讲理的薛蟠，无耻下流的贾珍贾蓉父子，百无一用的贾政，霉朽恶臭的贾赦都俨然是老少爷们儿，那么宝玉虽然（作为一个大家族的接班人）不称职，还算好的。

一般地说，侍候这位爷算是容易的，他待人也还过得去，除吃瘪一日怒火中踢过开门迟缓的袭人一脚，没见他虐待过男仆。

很多人不喜欢善于处世的袭人，为宝玉的这一脚喝彩。

但是他的任性而为也出了难题，跟着他年龄稍长的听差是李贵。第九回叫《训劣子李贵承申饬……》，贾政嫌儿子不读书成器，便在仇恨洋溢地齿冷地讥诮宝玉之后训斥起李贵来，扬言："等我闲一闲，先揭了你的皮，再和那不长进的东西算账！"

吓得李贵叩头，并禀报说二爷正在读"攸攸鹿鸣，荷叶浮萍"（"呦呦鹿鸣，食野之苹"之误），把贾政逗笑了。

这说明，贾政人性未泯，幽默感尚存，应属有救：他虽然扬言"揭皮"，毕竟是雷声大小，空话胜于毒辣。用恶言震慑取得管理的成效，应属统制一法。他居然能为一个下人的误读而粲然，这是"红"书中贾政少有的可爱表现。第二，说明李贵的傻人傻福，大愚若智，或大智若愚，（如真是大智可就了不得啦！）以一个小小的洋相暂时化解了冲突，也算解构。第三，是此时政老与乃子的矛盾尚未激化到不可调和的地步。等到宝玉挨打之时，你再愚再智恐怕也只能是陪着挨揍。

下一步是李贵以极得体的、符合自己身份的语言做二爷的工作，劝解宝玉今后要听点（老爷的）话。面对不成器的老板，仆役还得负起代表主子的根本利益，体察主子的基本态度，引导具体主子走正路的任务。但话又不能说过了头，必须寓劝告引导于哀求告饶之中，必须用下等人的眼光和词句，必须是小人罪该万死，必须是忠于具体的主子，而不能太郑重了。这叫低调进谏法，比沽名钓誉的死谏硬谏抬棺谏办好了护照联系好了使馆再谏还难。

而宝玉等顽童们在书房里大打出手的时候，李贵还须扮演小主子们的宪兵、维持秩序的警察角色，喝止了茗烟和小方子们的小小动乱，避免了出现书房中的无政府状态。

想来想去，如果你是李贵，你能做得更好更周到更不辜负重托么？反正我是做不到的，李贵的表现，已经接近完美了。

真不知道是怎么训练出来的。自古我国并没有奴才培训学校啊。

或人道，李贵应该克服奴才意识，打倒封建特权，推行自由民主直到人民革命，争取在贾府里直至清廷里掌权，实行启蒙新政……那就不是《红楼梦》，甚至也不是《水浒传》的题中之意，而是或人另写一部著作另辟一个时代一个世界的历史使命啦。

谁是挨打事件的最大赢家

应该说，宝玉挨打，主子们中没有什么人是赢家，宝玉受了些皮肉之苦，然后我行我素，再不考虑今后的日子。贾政是最大的输家，他又是表决心，又是起誓，又是亲自操板子，最后直挺挺跪在那里接受贾母的蛮不讲理的教诲。黛玉得到两块旧手帕，却仍然疏离在众人外边。宝钗为此受了哥哥几句重话，哭了一夜。

倒是袭人，获得了千载难逢的机遇，向王夫人进言，一次良药苦口的金玉良言，一次向主流意识形态效忠的关键性表态，使她成了大赢家，使她成了主子的大红人，而且立竿见影，多了每月的特殊津贴，并且，得到了王夫人戴帽发放下来的两盘菜。

袭人低调处理，装傻充愣，硬说是不知怎么回事，是"奇了"：忽而多吃两菜。宝玉则是真正的天真烂漫，竟以为是菜做

人生要
有所珍视
和眷恋

多了，人皆有份，宝玉可怜，以为贾府里能有平等与博爱。袭人则不忘记说明，只有她有此殊荣："不是，指名给我送来的，还不叫我过去磕头。这可是奇了。"

而对此，宝钗笑道："给你的，你就吃了，这有什么可猜疑的。"袭人笑道："从来没有的事，倒叫我不好意思的。"宝钗抿嘴一笑，说道："这就不好意思了？明儿比这个更叫你不好意思的还有呢。"

宝钗立即理解了袭人的特殊地位，未必是王夫人与宝钗交流了有关情况，倒更像是一种默契，有此心者，效忠者，自然能理解另一个效忠者，这也是惺惺惜惺惺吧。倒是袭人的不好意思说，有点得了便宜卖乖的虚假劲儿。如你真的不好意思，你为何不将错就错，顺着宝玉说的竹竿爬，表示相信确是菜做多了不就结啦？宝钗的话，等于是袭人自己逗出来的。

有趣的是，袭人的行情急剧上涨的事，很快就被这个"屋里的人"们知道了。不仅眼睛里不揉沙子的晴雯，而且不带棱角的秋纹，也对此磨起牙来。

借着秋纹说起得到了主子的赏赐，晴雯道："要是我，我就不要。若是给别人剩的给我也罢了，一样这屋里的人，难道谁又比谁高贵些？把好的给他，剩的才给我，我宁可不要，冲撞了太太，我也不受这口气！"

按，此话也是吹牛而已，岂止是这样的软气，更大的硬伤打击你能不承受吗？

秋纹忙问："给这屋里谁的？"

秋纹问是谁得了先机，并表示"我白听了喜欢喜欢。那怕给这屋里的狗剩下的，我只领太太的恩典，也不管别的事。"众人听了都笑道："骂的巧！可不是给了那西洋花点子哈巴儿了？"袭人笑道："你们这起烂了嘴的……一个个不知怎么死呢。"（这里虽是玩笑，令人胆寒。特别如果联想到晴雯此后命运的话）秋纹笑道："原来姐姐得了？我实在不知道。我赔个不是罢。"

说的是众人笑秋纹骂得巧，众人说起了西洋花点子哈叭儿，其实这句话够重的。由于袭人一直披着方向正确的外衣，书里包括宝玉本人，对她一直是比较客气比较不乏敬意的，只有这一句，比较难听。

袭人笑道："少轻狂罢。你们谁取了碟子来是正经。"

袭人的反应也很聪明，骂得再厉害，在"姐妹"中你必须忍受，你只能把它当作一次磨牙，叫作轻狂的，你已经占尽好处，你必须允许幽默，允许姐妹们以说笑的方式发泄一点妒意，表达一点不服。她其实也明白，此事体大，并不仅仅是一句玩笑。

"独怆然而泪下"？

　　对于人生也还有各种高深与奥妙的理论思考，其中包括大量消极面的思考。认定人生是无意义的，是荒谬的，是孤独的，是痛苦的，是虚无的。对于这些哲学意味的论述我也不甚了了，只觉得他们都极高明。但思考得再消极悲观，似乎其意图其目的也并非在于让人们明白了这些消极面后快快自杀。他们思考人生的消极性或消极面的目的似乎仍在于面对各种消极为人们寻找一个出路。例如有的是为了使你皈依宗教；有的是为你更看透更解脱一点，更少背一点思想包袱；有的是让你更明白孰轻孰重，做出更正确的选择。其结论也并非只限于遁入空门或干脆让你得过且过醉生梦死，这方面的思想者其用意更多的是让你正视人生的消极一面、受局限的一面，不去轻信那些绝对命令式的律条，不被迷信与大言所俘虏，少一点妄言妄思妄念，

196

从而更加珍重此生的选择的可能。就是说即使是消极的前提，我们期待的仍然是积极的结论。

例如，既然人生有孤独与难以沟通的一面，那就不要要求自己周边的人包括配偶、亲子、情人、知音、密友时时事事与你一致与你呼应，遇到自己不被理解同情的时候，不必过于伤心。再例如，既然天道无常，万物都有自己的时限，都有荣枯、消长、盛衰，直到存亡的变化规律，就不要追求什么长生不老、金刚不坏、万年基业、万古长青，而是要居安思危，忧患元元，韬光养晦，有理有利有节。例如《红楼梦》中秦可卿死前托梦给王熙凤，就讲了一回盛极必衰的大道理，并提出了一些预防家道衰落及应变补救措施。虽是借秦氏之口，传达的却是曹雪芹的事后诸葛亮的忧患意识，这也算是从消极的前提，找出积极的结论。可惜的是王熙凤，哪有那个觉悟，哪里听得进去？

林黛玉是一个天生的悲观厌世者，她的诗是"一朝春尽红颜老，花落人亡两不知"，是"侬今葬花人笑痴，他年葬侬知是谁？"然而她得出的结论仍然不是自杀，也不是去当姑子与妙玉做伴，而是更加珍惜爱情，珍惜自己在感情上性关系上的纯洁，叫作"质本洁来还洁去"。洁，这就是她的价值观。就是林黛玉也还不是绝对地悲观厌世。

　　至于从消极的前提得出消极的结论，干脆让你别活了，这样的例子也有，那就是邪教了。

时间是多重的吗？

　　《红楼梦》的艺术描写是无与伦比的。人物故事环境，不论音容笑貌、衣冠穿戴、饮食器具、花木房舍……无不写得鲜活清晰、凸现可触。即使是大事件大场面，也写得错落有致而又面面俱到、无懈可击。

　　但《红楼梦》里的时间，却是相当模糊的。首先，全书开宗明义，第一回已反复说明"无朝代年纪可考"。在时间的坐标系上，失去了自己的确定的位置。其次，各章回极少用清晰的语言表明时间顺序与时间距离。书中大多用"一日如何如何""这日如何如何""是日如何如何""这年正是如何如何""一时如何如何"这样的极为模糊的说法来作为一个新的事件叙述的开始。有时似乎清晰一点，如说"次日如何如何"，由于不知"此日"是哪一日，"次日"的说法当然也是不确定的。"次日"云云，能说明的只是一个局部的小小的具体的时间关系，却不能说明大的时间的规定性。或说"原来明日是端午节""十一月三十日冬至""已是掌灯时分""择了初三黄道吉日""时值暮春之际""且说元妃疾愈之后""那时已到十月中旬"……等等，全是看着清楚实际模糊的时间界定，这些说法没有一个可资参照的确定指认，没有年代与年代关系，最多只有月日与月日之间的距离。

时间，哪怕是相对的时间的一个重要标志是人物的年龄，即使具体的、拥有某个纪元标准的年代不可考，只要知道人物的年龄变化也起码可以知道书中诸事的时间距离、时间关系。但《红楼梦》这样写到人物年龄的也绝无仅有。贾政痛打宝玉时王夫人说"我如今已将五十岁的人"，史太君临死前说了一句"我到你们家已经六十多年了"，仍然失之于简，让人闹不清总的时间。而且，就是这样笼统的交代也是凤毛麟角。所以，读者乃至专门的红学家，都要费相当的力气去估算、去揣摸、去推断人物年龄与各个事件的时间轨迹。

这是为什么呢？很难用疏忽来解释这样一个时间模糊化的"红楼梦现象"。

关于"无朝代年纪可考"，作者通过"石头"的口答道：

"……假借汉唐等年纪添缀，又有何难？……莫如我不借此套者，反倒新奇别致，不过只取其事体情理罢了，又何必拘拘于朝代年纪哉！"就是说，作者着眼的不是"朝代年纪"而是超越朝代年纪的、更具有普遍性和共同性的"事体情理"。"事体情理"这四个字是用得好的。"事体"指的是生活，是社会和宇宙，是本体论。"情理"两个字指的是人的概括分析与人的态度反应，是主体性的强调，是认识论。不标明具体时间，就要求有更高更广的概括性，而不是拘泥于一时一日。当然，不标明时间也仍然有时间的规定性，《红楼梦》反映的是中国封建社会的后期。另一方面，不标明朝代年纪也还有利于躲避文灾文网，如书中所写：空空道人"将《石头记》再检阅一遍，见上面虽有些指奸责佞贬恶诛邪之语，亦非伤时骂世之语，及至君仁臣良父慈子孝，凡伦常所关之处，皆是称功颂德，眷眷无穷……"这样一段声明，这样一个有意为之的时间模糊化处理，是不可掉以轻心的。

更有意义的是从艺术欣赏的角度，从"小说学"的角度来体会《红楼梦》的时间处理。一般来说，小说特别是长篇小说，当然是离不开故事情节的，故事情节对全书的叙述，起着统领组织的作用。而故事情节，一般又是很注意因果关系的。注意因果关系与故事情节，时间就扮演了一个重要的角色，一个"解说人"的角色加贯穿串联的角色。正是时间顺序与时间距离，使因果、故事成为可以理解的。其次，许多长篇小说注意历史事件与历史背景的展现，追求小说的历史感，在这些小说中，时间成为不可或缺的"角色"，起着主宰的与弥漫的作用。例如费定就强调在他的《初欢》与《不平凡的夏天》中，时间是首要的角色。但《红楼梦》不同，它的时间是模糊的，是一团烟雾。它的时间是平面的，似乎所有的事件都发生在一个遥远的平面上。你可以逐回阅读，从第一回阅读到第一百二十回，基本上弄清各种事件的前后顺序。你也可以任意翻开一章读，读到想撒手的地方就撒手，再任意翻开或之前或之后的一页读到你想合上书的时候。这些事件不仅是相连的一条线，而且是散开的一个平面，你可以顺着这条线读并时时回溯温习，你也可以任意穿行、逆行、跳越于这个平面这个"大观园"之上，正像在"怡红院""栊翠庵""稻香村""潇湘馆"之间徜徉徘徊一样，你可以在"宝玉挨打""晴雯补裘""黛玉葬花""龄官画蔷"之间流连忘返。这是由于：

第一，《红楼梦》开宗明义为作者也为读者建立了一个超越的与遥远的观察"哨位"。这个"哨位"就是大荒山无稽崖青埂峰，就是一种人世之外、历史之外的、时间与空间之外的浑朴荒漠的无限。叫作"曾历过一番梦幻"，既云一番梦幻，自不必问此"一番"是一分钟还是一百万年，对于梦幻来说，一分钟等同于一百万年。叫作"女娲氏炼石补天之时"，这里明确地说到这"之时"，可惜是"女娲氏炼石补天之时"，而这个"女娲纪元"本身就很辽远无边。叫作"又不知过了几世几劫"，这才"当日地陷东南"，当日从"不知几世几劫"的大无限大问号中生，谁能说得明晰呢？从这个远远的哨位来观察，时间顺序与时间距离又能有多少意义？岂不如同站在月亮上观察北京市的东单与西单的位置、天安门城楼与北海太液池的高度一样，得到一种齐远近、同高低的效果？"山中方七日，世上已千年"，大荒山无稽崖青埂峰的一日，就是大观园里的七分之一千即一百四十二年多。那么，《红楼梦》的种种生离死别、爱怨恩仇，不过发生在一瞬间，又如何能够细细地分清划定呢？

其次，第五回的"贾宝玉神游太虚境"，通过总括性的与针对"金陵十二钗"每个人物的判语、曲词，就《红楼梦》的人和事的发展趋向与最终结局，给予了明确的预告与留下深刻印象的慨叹。作为预告，这些判语曲词表达的结局是未来时的。作为掌握结局的预先叙述者，作者——警幻仙子——空空道人面对的却是"过去完成时"的事件。故事者故往之事也。所有的小说故事在时间把握上的基本矛盾就在于总体上是过去时与过去完成时，具体描写上则多是现在进行时。这样一个矛盾在《红楼梦》中表现得就更加突出。读者读《红楼梦》，是在强烈地、感情地、艺术地却又是笼统地获得了一个结局的衰败与虚空的印象以后才回过头来体味贾府当年的"烈火烹油、鲜花着锦"之盛的；是在了解了"枉自嗟呀""空劳牵挂""心事终虚话"的必然走向之后才回过头来体味宝黛爱情的深挚蚀骨的；是在了解了"一从二令三人木，哭向金陵事更哀"的悲惨下场以后再回过头来赞叹或者战栗于王熙凤的精明强悍毒辣的。一句话，是在"落了片白茫茫大地真干净"的前提下，在最终是一场"空"的前提下来观赏没有"干净"、没有"空"以前的"金陵十二钗"及其他各色人等的形形色"色"的。作者以石头的口吻，即以一个过来人的口吻写"已往所赖天恩祖德，锦衣纨绔之时，饫甘餍肥之日……"过来人写以往，站在终结处回顾与叙述"过程"，自然就是过去时过去完成时的回忆录了，不论写到了多么热闹的事件与多么美好的人物，读者确知这不过是在写一场必将破灭、其实早已破灭了的春梦。这里，时间的确定性的消失与人生的实在性的消失具有相通的意义。时间的淡化、模糊、消失即人生种种的淡化、模糊与消失，色既然只是空，也就没有时间性可言。

第三，空否定着色，色却也否定着空。时间的消失否定着时

人生要
有所珍视
和眷恋

间的确定性与实在性，这是从全体而言的，但每个局部，每个具体的人和事，每个具体的时间即瞬间都在否定着时间的虚空，而充满了时间的现时性、现实性、明晰性。当宝玉和黛玉在一个晌午躺在同一个床上说笑话逗趣的时候，这个中午是实在的、温煦的、带着各种感人的色香味的和具体的，而作为小说艺术，这个中午是永远鲜活永远不会消逝因而是永恒的。当众女孩子聚集在怡红院深夜饮酒作乐为"怡红公子"庆寿的时候，这个或指的"猴年马月"的夜晚给人的印象却又是确指的，无可怀疑与无可更易的，这是一个千金难买、永不再现的，永远生动的瞬间，这是永恒与瞬间的统一，这是艺术魅力的一个组成部分。这又是或指与确指的统一，同样是艺术的生活的与超生活的魅力的一个组成部分。正像个体的无可逃避的衰老与死亡的"结局"的预知未必会妨碍生的实在与珍贵——甚至于可以更反衬出生的种种形色与魅力——一样；"空"的无情铁律其实也未必能全部掀倒"色"的美好与丑恶的动人；"悲凉之雾"显示着"华林"的摇摇欲摧，却也使"华林"显得更"华"，更难能可忆；不管最后的大地怎样"白茫茫"的"干净"，从贾宝玉到蒋玉菡，从林黛玉到鲍二家的，却都已留下了不可磨灭的与永远栩栩如生的形迹。

第四，作者似乎害怕读者（与作者自己）陷入这充满现时现世现实的世界和人生的种种纠葛与滋味之中不能自拔，害怕作者叙述读者阅读这独特而又丰富的色空故事的结果是醉色而忘空，赏色而厌空，趋色而避空。所以，在全书所展现了生活之流的并非十分激越急促的流程中，作者不断插入一些悲凉神秘甚至可畏的氛围描写，插入一些充满了不幸结局的暗示的诗词、谜语、酒令以及求签问卜，作者还时而写一写宝玉或王熙凤的梦，写写和尚道士、捡玉丢玉之类的故事，有些地方甚至写得有些突兀，有些与前后的写实篇什对不上茬。尽管如此，这些描写仍然是必要的与有特色的，它们不断地提醒着读者和作者本身，这一切的一切最终只是虚空：色象是一时的，而虚空是永远的。作者有意无意地以即时性的笔触来加强艺术的吸引力与魅惑力，却又以这些穿插来加强艺术的悲悯感与超脱感。作者的即时性描写使读者堕入凡尘，与绛珠神瑛等人同受人间的悲欢离合；作者又通过这种种的插话式的提醒来拯救你的灵魂，使你最终体会到一种既是艺术的又是哲学的（宗教意味的？）间离。当然，所有这些"提醒"都带有宿命论的色彩，宿命的观点与推断当然不是科学，从科学的观点看宿命也许是纯然的谬误乃至诓骗，这是另一个性质的问题。但作为小说，这里的宿命的暗示却也可以看成人的一种情感上的慨叹。宿命的慨叹既是情感反应也是实现间离效果的手段。而艺术欣赏的间离在把人物与事件推向远景的同时也必然把时间推向远方。

第五，当然，《红楼梦》故事的总体仍是按正常的时序来展现的，兴在前而衰在后，省亲在前而抄家在后，吟诗结社在前而生离死别在后，宝黛相爱至深在前心事终成虚话在后，这没有任何费解之处。但由于《红楼梦》是一本放开手脚写生活的书（这在中国的古典小说中是极罕有的），它并不特别讲究故事的完整、情节的连续，因果线索的明晰，因而时间在全书中的贯穿与凝聚（事件和人物）的作用并不那么强。刘姥姥三进（或前八十回的两进）大观园未必与贾府的事情、与全书的主线（不论是兴衰主线还是爱情主线）有必然的关系，早一点进或晚一点进丝毫不影响宝黛之情与凤（姐）探（春）之政。"红楼二尤"的故事表面上看是由于为贾敬办丧事引起的，但贾敬之死绝不是二尤之来、之死的必然原因。其他众多的饮食、医疗、聚会、行吟与红白喜事，既是互相联系的又是相对独立的。从单纯故事的观点，有些回目有它不多，没它不少。这种处理自然也使《红楼梦》的某些章回和场面，既可以连在一起读，又可以"自成纪元"，各自有自己的时间。这种处理使《红楼梦》的时间具有一种"散点透视"的多元性，加强了各个瞬间的独立性。

总之，在《红楼梦》中，确定的时间与不确定的时间，明晰的时间与模糊的时间，瞬间与永恒，过去、现在与未来，实在的时间与消亡了的时间，这些因素是这样难解难分地共生在一起、缠绕在一起、躁动在一起。《红楼梦》的阅读几乎给了读者以可能的对于时间的全部感受与全部解释。在《红楼梦》中，时间是流动的、可变的、无限的参照却又是具体分明的现实。恰恰由于汉语语法在动词的"时"上不那么讲究得分明，有很大的弹性，所以特别长于追求和产生这样的效果。这样一个时间的把握，是很有意思，很堪咀嚼的。

笔者读到一篇文章谈到"后现代主义小说"里的时间，文章作者以《百年孤独》起始的"许多年以后，××回想起这一天来……"为"后现代主义"的开天辟地性的发明创造，因为这种造句联结了过去、现在和未来，窃以为这有点少见多怪，有点过于激动地拜倒在加西亚·马尔克斯与"后现代主义"面前。小说与文学的既是经验的又是虚拟的本性其实已经包含着时间与时间观念的种种内部矛盾。愈是有深度的小说，愈有着对于时间的长河与每一朵浪花的鲜明感受。在我国的古典小说中，尤以《红楼梦》里的时间的多重性最最耐人寻味。

蘑菇、甄宝玉与"我"的探求

有这样一个故事：一个精神病人认定自己是一朵蘑菇，蹲在树下不肯进屋，下雨了也不肯进屋。于是医生也陪蹲在那里，并回答病人的提问说，自己也是一朵蘑菇。医生进屋，证明蘑菇也需要躲雨。于是病人随着进入室内。

不知道故事的原旨是否在于称道医师的"循循善诱"。我们却也可以从另一个角度来考虑它一番。"我"是谁？"我"是什么？"我"从哪里来，到哪里去？没有"我"之前和之后，"我"在哪里？"我"与"物"有什么对应的、等值的或相通的关系？这实在是一个本初的，令人不安的问题。在这个意义上说，"自我意识"就是"自我不安意识"，没有自我意识的万物，是没有这种不安的。解答不了这些问题，甚至使人无法心安理得地在室内避雨。

人与物、与自然界的分离来自人的自我意识，又构成自我意识的最初内容。自我意识使人确认了自己的不同于物，自己的有别于物的存在。自我意识又使人对"我"提出了无数疑难问题。难矣哉，自我意识！人是生活在物的自然的世界之中的，自然物比人更永久，自然界比人的活动范围更广阔，这很可能是一个原因，使人们热衷于从自然物中找到"我"，找到人的永恒的实体、本源、象征（符号）与归宿。如果找到了，"我"就不那么孤独和短暂了，这是人与物、人与世界、人与永恒的认同，这会带来多少满足与慰藉！

中外古人都倾向于首先把人与星星联系乃至等同起来。安徒生的《卖火柴的小女孩》中，女孩回忆祖母告诉过她，天上落下一个星星就是死了一个人。李白是太白金星下凡。诸葛亮观星相而知人事……等等。

而贾宝玉的对应物是一块石头，从大荒山青梗峰无稽崖来，到大荒山青梗峰无稽崖去。这样一个别致的象征实体，与其说令人悲凉不如说令人平安、平静。人和石，这是"我"与自然物的第一层对应关系。

石头包括了玉，而且是通灵宝玉。因为它已经过了神——

210

女娲的锻炼，虽然无材补天，却已通了灵性。"宝玉者宝玉也"（《红楼梦》第一百二十回），宝玉就是"我"。石与"宝玉"，人的宝玉与物的宝玉，这就构成了"我"与自然物的另一个层次的矛盾统一。

贾宝玉衔玉而生，离奇的处理表现了宿命的先验性。当"我"与对于"我"来说是先验的存在——自然物联结起来的时候，"我"面对着的是无可讨论的宿命，"宝玉"是生就的。同时，这一情节也表达了与生俱来的对于"我"的寻找，与生俱来的给有关"我"的种种疑问提供答案的愿望。"我"的本质是玉，玉的本质是石。好不好？

而这种本质是假想的，虚构的。这就是说，"我"是存在于世界上的。"我"又是存在于我的意识之中的。玉与石，其实不是本质而是存在于"我"的意识之中的符号。而符号是有衍生能力的。有了乾卦便可以生出坤卦来，有了乾坤二卦又可以生出其他六卦来。同样，宝玉有了玉，便衍生出宝钗的金锁，湘云的金麒麟，张道士给宝玉的、被宝玉丢掉又被湘云命丫头翠缕捡起的更大更有文彩的金麒麟。本是人所想象整理出来的符号秩序反过来主宰了（至少是干扰着）"我"的命运。这就是"金玉良缘"的阴影始终笼罩在宝玉与黛玉头上的情况的发生。"我"与自然物的关系安慰了"我"也干扰了"我",这就又进了一层。

当然,"木石前盟"——宝黛爱情也是宿命,"还泪"的说法尤其奇警、浪漫、动人。"木石前盟"的说法除了表达一种赞美的诗情以外还说明:第一,宿命和宿命也是互相打架的。曹雪芹的宿命论高于其他的命定论的地方恰在此处。第二,宿命和人情人事是可以互相打架的——所以宝玉几次发狠摔玉。贾宝玉真心要清除这个"劳什子",偏偏这"劳什子"又是他的"命根子",几次丢玉的经验证明,众人也都确认,这"劳什子"——"命根子"是须臾不可离开的。第三,"木石前盟"虽然是宿命,但这种宿命没有得到符号的表现,没有认同与纳入符号秩序之中,甚至没有得到木、石化身的黛、宝的自觉,所以从表面上看,它是远远有力的。(从深处看他已赢得了双方与世代读者的心。)

而且,木是与石相对相知的,金则是与玉相配相应的。"木石前盟"与"金玉良缘"的矛盾其实也是石与玉的矛盾即宝玉自身的两种身份两种属性的矛盾的表现。宝玉是石——自然的、纯朴的、本初的,当然他倾心于黛玉这株草木。平头百姓总是自称"草木人儿"嘛。宝玉是玉,是"昌明隆盛之邦,诗礼簪缨之族"的公子哥儿,他无法不接受"金"的匹配。"我"与自然物的分离与认同,最终与"我"与"我"的分离与认同相关。对于

"我"的思考,《红楼梦》是达到了一定的深度的。

把石头与"人"联结起来,另一部著名的中国长篇小说是《西游记》。孙悟空是从石头缝里蹦出来的。中国人已普遍接受了这个故事,以至人们声明自己并非六亲不认时会说"我也不是石头缝里蹦出来的"。衔玉而生、复归大荒的故事远远没有这么普及,可能是因为《红楼梦》对"我"的思考太抽象也太超前了。宝玉与行者各方面都不同,但率性任性突破既有程序方面仍有相同之处。这不能不说是,当自然物真正是自然物时,确有自己的魅力,确有吸引"我"来认同的道理。

把人的对应物规定为植物,则有黛玉与草,晴雯与海棠与芙蓉,西洋故事中的精神病人与蘑菇等。

然而"我"并不满足于仅仅从人与物的关系中寻找、认识、寄托自己。为了寻找、认识与寄托自己,是"我"与"我"的关系。

人皆有我,人皆是我。所以,独魏征与唐太宗然。而我亦是人,是说:第一,"我"是认识的主体,还必须考虑"我"与"人"的关系特别。每个人都可以成为自己的镜子,我不但是人之人而且是我之人。第二,"我"是认识的对象。"我"是我的主体,"我"是我的对象。"我"与自然界自然物、"我"与"人"的分离终于导致了"我"与"我"的分离,可以说这是自我意识中的一个迷宫,也可以说这是自我意识的一个飞跃、一个境界,到这时,人对"我"的认识进入了新层次。

所以,《红楼梦》中的贾宝玉常常因人及我,从"聪明灵秀的女儿"想到"我"这样的"须眉蠢物",从龄官对贾蔷的情感想到自己无法占有所有的情,甚至从秦钟身上也联系到自己不过是"泥猪癞狗"……

仅仅这样还不够。《红楼梦》里还加意出现了一个与贾宝玉一模一样又似乎颇不相同的甄宝玉。甄宝玉就是镜中的贾宝玉,也就是作为对象而非作为主体的那一个"我"。《红楼梦》五十六回明确写了贾宝玉对着镜子睡觉,梦见了甄宝玉。甄宝玉是另一个同样的环境中的同样的"我"。这个"我"并不承认贾宝玉的真我,而称贾宝玉的真我为"臭小厮"。作为主体的"我"与作为对象的"我"不相通,这实在是一个麻烦、一个苦恼。整个来说,甄宝玉在书中写得并不成功,贾宝玉外又搞个甄宝玉甚至给人以画蛇添足之感。但具体这一回确实写得细致入微,惊心动魄,深入到人的意识的深层面中去了。何必是贾宝玉?练气功也好,从泥丸宫中跑出灵魂也好,"反思""自我批评"也好,谁不想、谁没有一个隐蔽的愿望想从"我"中跳出来，客观地如实地看一看"我"呢？这样一种对于自我的超越与审视，难道不是令人激动的吗？

所以需要镜子。所以整个《红楼梦》又名"风月宝鉴"，《红楼梦》就是一面镜子。"镜子说"未必注定就是贬低文学，我以为人的创造物中，镜子是最值得赞美的。它不但是光学的也是哲学的成果——使"我"观察"我"。甄宝玉是贾宝玉的镜子。贾宝玉又是曹雪芹的镜子。《红楼梦》是曹雪芹的镜子也是读者的镜子。反过来说，何尝不可以说贾宝玉是甄宝玉的镜子？乃至人生某些时候反成为文学的镜子？（我们不是爱说"读者反映""群众反映"吗？这不就意味着读者、群众、人成为文学的镜子了吗？）镜子对镜子，实像变虚像，虚像变更多更多的虚像，镜子本身也变成虚像，这叫作"长廊效应"，即两个镜子对照所产生的那最普通也最诱人的效应，似乎一下子就放眼到了无限的那个效应。这么说，曹雪芹写甄宝玉，就不是"添足"而是匠心独具、不可或缺的。当然，镜子的品位也不一样。贾瑞照的那面镜子浅露俗气，当属伪劣产品。曹雪芹不能免俗，却也从而映出来了。

顺便说一下，汉字的整齐有序使它特别适合作辩证的对比与梳理，金、玉，真、假，木、石，人、我，阴、阳，兴、衰，色、空，虚、实……你永远探讨不尽，却又很容易自圆其说，自衍其说。说不定，这种"有序性"也会成为读书思考乃至做学问提见解定政策的一种易于自我满足的局限性。

再顺便说一下，许多时髦的洋思潮是有价值的，但杰出的作品——当然包括中国的杰出作品——价值更高。人们不可能从思潮演绎出杰作，人们却大可以从杰作中分析各种思潮或思潮的胚胎。一部杰出的作品如《红楼梦》，其思想意蕴是开掘不尽的。搞不出杰出的作品，不去认真研究和理解杰出的作品，只知道"玩观念""玩思潮"，未免等而下之。沦落到玩名词，就等而下等而下之了。